Maigret y los ancianos

Georges Simenon, nacido en 1903 en Lieja (Bélgica), dio sus primeros pasos como reportero y como autor de novelas populares escritas bajo seudónimo. En 1931 publicó, por primera vez con su propio nombre, *Pietr, el Letón*, que presentaba al imperturbable comisario de policía parisino Jules Maigret, personaje que retomó en novelas y relatos a lo largo de las cuatro décadas siguientes, mientras su obra más amplia le granjeaba la reputación de ser uno de los escritores esenciales del siglo xx. Viajero intrépido, con un profundo interés en la gente, Simenon se esforzó, en la literatura y en la realidad, por comprender —y no por juzgar— la condición humana en todos sus matices. Sus libros figuran entre los más leídos del canon mundial.

GEORGES SIMENON

Maigret y los ancianos

Traducción de
Salvador Bordoy Luque

DEBOLS!LLO

Papel certificado por el Forest Stewardship Council®

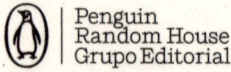 Penguin
Random House
Grupo Editorial

Título original: *Maigret et les vieillards*

Primera edición: mayo de 2026

Printed in Spain – Impreso en España

ISBN: 978-84-663-8841-2
Depósito legal: B-4.332-2026

Compuesto en M. I. Maquetación, S. L.

Impreso en Novoprint
Sant Andreu de la Barca (Barcelona)

P 3 8 8 4 1 2

Maigret y los ancianos

1

Era uno de esos meses de mayo excepcionales, como solo se viven dos o tres en la vida, y que poseen la luminosidad, el sabor y el olor de los recuerdos infantiles. Maigret lo llamaba «un mes de mayo de cántico», porque le recordaba al mismo tiempo su primera comunión y su primera primavera en París, cuando para él todo era nuevo y maravilloso.

En la calle, en el autobús, en su despacho, a veces se quedaba paralizado, conmovido por un sonido lejano, por una bocanada de aire tibio, por la mancha clara de un corpiño que remontaba veinte o treinta años atrás.

El día anterior, cuando se disponían a salir para cenar con los Pardon, su mujer le preguntó, casi ruborizada:

—A mi edad, ¿no se me ve ridícula con este vestido estampado?

Sus amigos, los Pardon, habían innovado aquella noche. En vez de invitarlos a su casa, llevaron a los Maigret a un pequeño restaurante del bulevar de Montparnasse, donde los cuatro cenaron en la terraza.

Maigret y su esposa, sin decir palabra, intercambiaron miradas de complicidad; porque era en aquella terraza donde, hacía unos treinta años, habían cenado solos por primera vez.

—¿Hay ragú de cordero?

Los dueños eran otros; pero seguía habiendo ragú de cordero en la carta, lámparas algo torcidas sobre las mesas, macetas con plantas verdes y vino chavignol en jarras.

Los cuatro estaban muy alegres. Cuando les sirvieron el café, Pardon sacó del bolsillo una revista con una portada blanca.

—A propósito, Maigret, hablan de usted en el *Lancet*.

El comisario, que conocía de nombre la célebre y muy austera revista médica inglesa, frunció el entrecejo.

—Quiero decir que se habla de su profesión en general. El artículo es de un tal doctor Richard Fox, y voy a traducirle, más o menos literalmente, el fragmento que le interesa: «Un psiquiatra sagaz, apoyándose en sus conocimientos científicos y en la experiencia de su consulta, está perfectamente preparado para comprender a los hombres. Sin embargo, es posible, sobre todo si se atiene excesivamente a la teoría, que no los entienda tan bien como lo harían un maestro de escuela de dotes excepcionales, un novelista o un policía».

Hablaron durante un buen rato sobre aquello, ya en broma, ya en un tono más serio. Una vez finalizada la cena, el matrimonio Maigret recorrió a pie parte del camino a través de las calles silenciosas.

El comisario no sabía aún que recordaría varias veces aquella frase del médico londinense durante los días siguientes, ni que los recuerdos despertados en él por aquel perfecto mayo se le aparecerían casi como una premonición.

Al día siguiente, en el autobús que lo llevaba a Châtelet, todavía seguía mirando los rostros con la misma curiosidad que cuando era un novato en la capital.

Y, así, le parecía curioso subir la escalera de la policía judicial como comisario de división y recibir en su recorrido saludos respetuosos. ¿Tanto tiempo hacía que había entrado, todo emocionado, en aquel lugar, cuyos jefes se le aparecían aún como seres legendarios?

Se notaba ligero y melancólico a la vez. Con la ventana abierta, despachó el correo, llamó al joven Lapointe para darle instrucciones…

En veinticinco años el Sena no había cambiado, ni las barcazas que pasaban, ni los pescadores de caña, que se encontraban siempre en el mismo sitio, como si nunca se hubiesen movido.

Mientras se fumaba la pipa a pequeñas bocanadas, iba haciendo la «limpieza» de su escritorio, como él decía, vaciando la mesa de un montón de papeles que se amontonaban allí, cerrando los casos sin importancia, cuando sonó el teléfono.

—¿Puede usted venir un momento a verme, Maigret? —le preguntó el director.

El comisario se dirigió sin prisas al despacho del gran jefe y se quedó de pie junto a la ventana.

—Acabo de recibir una curiosa llamada telefónica del Quai d'Orsay. No del ministro de Asuntos Exteriores en persona, sino de su jefe de gabinete. Me pide que mande allí, urgentemente, a una persona acostumbrada a tomar decisiones de gran responsabilidad. Estas son las palabras que han empleado. «¿Un inspector?», he preguntado. «Convendría que fuera alguien de mayor rango. Probablemente se trate de un crimen».

Los dos hombres se miraron con un destello de malicia en los ojos; porque ni al uno ni al otro les gustaban los ministerios, y, aún menos, un Ministerio tan ampuloso como el de Asuntos Exteriores.

—Pensé que tal vez quisiera ir usted mismo…

—Quizá sea lo mejor…

El director cogió un papel de encima de la mesa y se lo alargó a Maigret.

—Debe preguntar usted por un tal señor Cromières. Lo está esperando.

—¿Es el jefe de gabinete?

—No. Es la persona que se ocupa del caso.

—¿Llevo conmigo a algún inspector?

—Solo sé lo que acabo de decirle. A esa gente le gusta rodearse de misterio.

Finalmente, Maigret se llevó con él a Janvier. Ambos tomaron un taxi. En el Quai d'Orsay, no los condujeron por la escalera principal, sino por una escalera estrecha y algo sombría, situada al fondo de un patio, como si les hicieran pasar por entre bastidores o por la puerta de servicio. Durante un buen rato deambularon por los pasillos antes de descubrir una sala de espera, y un ujier, que se mostró indiferente ante el nombre de Maigret, le hizo rellenar una ficha.

Por último, le condujeron a un despacho donde un funcionario, muy joven y de punta en blanco, permanecía de pie, inmóvil, frente a una anciana que estaba tan impasible como él. Maigret tuvo la sensación de que esperaban así desde hacía mucho tiempo, probablemente desde la llamada telefónica del Quai d'Orsay a la policía judicial.

—¿Comisario Maigret?

Este presentó a Janvier, a quien el joven solo concedió una mirada indiferente.

—Como no sabía de qué se trataba, he hecho que me acompañara uno de mis inspectores… —dijo el comisario.

—Siéntense.

Cromières procuraba, ante todo, darse importancia, y en su forma de hablar había cierta condescendencia propia de «Asuntos Exteriores».

—Si el Quai d'Orsay se ha dirigido directamente a la policía judicial —dijo, pronunciando la palabra «Quai» como si se tratase de una institución sacrosanta— … es porque nos encontramos, señor comisario, ante un caso bastante particular…

Maigret lo miraba al tiempo que también observaba a la anciana, que debía de ser sorda de un oído, porque alargaba el cuello para oír mejor, con la cabeza inclinada, atenta al movimiento de los labios.

—Señorita…

Cromières consultó una ficha que tenía sobre la mesa.

—La señorita Larrieu es la sirvienta, o la gobernanta, de uno de nuestros antiguos y más distinguidos embajadores, el conde de Saint-Hilaire, del que seguramente habrá oído usted hablar…

Maigret recordaba el nombre por haberlo leído en los periódicos, pero aquello le parecía que se remontaba a una época muy lejana.

—Desde que se retiró, hace unos doce años, el conde de

Saint-Hilaire vive en París, en un piso de la calle Saint-Dominique. Esta mañana, la señorita Larrieu se ha presentado aquí a las ocho y media y ha tenido que esperar un rato hasta que han podido llevarla en presencia de un funcionario responsable.

Maigret se imaginaba los despachos vacíos, a las ocho y media de la mañana, y a la anciana, inmóvil en la antesala, con la mirada fija en la puerta.

—La señorita Larrieu se halla al servicio del conde de Saint-Hilaire desde hace más de cuarenta años.

—Cuarenta y seis —corrigió la anciana.

—Cuarenta y seis, bien. Le ha seguido en sus diferentes destinos y se ocupaba de la casa. Durante los doce últimos años, ella era la única persona que vivía con el embajador en su piso de la calle Saint-Dominique. Esta mañana, después de encontrar vacío el dormitorio de su señor al llevarle el desayuno, ha descubierto al conde, muerto, en su despacho.

La anciana, con ojos vivos, escrutadores y desconfiados, los miraba alternativamente.

—Según ella, a Saint-Hilaire le han disparado una o varias balas.

—¿No ha llamado a la policía?

El joven rubio adoptó un aire de suficiencia.

—Comprendo su asombro. No olvide que la señorita Larrieu ha vivido gran parte de su vida en el mundo de la diplomacia. Aunque el conde no estaba ya en activo, no por eso ella ha olvidado que, en este mundo, existen ciertas reglas de discreción…

Maigret le guiñó un ojo a Janvier.

—¿No se le ha ocurrido llamar a un médico?

—Al parecer, no había duda alguna de que estaba muerto.

—¿Quién está en estos momentos en el piso del conde de Saint-Hilaire?

—Nadie, la señorita Larrieu ha venido aquí directamente. A fin de evitar todo equívoco y toda pérdida de tiempo, estoy autorizado a afirmarle a usted que el conde de Saint-Hilaire no estaba en posesión de ningún secreto de Estado y que no hay que buscar en su muerte causas políticas. A pesar de todo, no es menos indispensable una extremada prudencia. Cuando se trata de un hombre importante, sobre todo si ha pertenecido al mundo de la diplomacia, los periódicos tienen tendencia a darle demasiada repercusión al caso y a emitir las hipótesis más inverosímiles…

El joven se puso en pie.

—Si le parece a bien, iremos allí ahora.

—¿También usted? —preguntó Maigret en un tono inocente.

—No tema. No tengo intención de intervenir en su investigación. Si le acompaño, es para asegurarme de que no hay nada, en la escena del crimen, susceptible de entorpecernos…

La anciana se había puesto también en pie. Los cuatro bajaron la escalera.

—Será mejor que tomemos un taxi. Es más discreto que una limusina del Quai.

El trayecto era ridículamente corto. El coche se paró a la puerta de un inmueble imponente de finales del siglo XVIII, delante del cual no había ningún grupo de gente ni ningún curioso. Bajo la bóveda, una vez franqueada la puerta cochera, hacía fresco, y se veía, en lo que se asemejaba más a un salón que a una portería, a un portero tan imponente como el ujier del Ministerio.

Subieron cuatro escalones, a la izquierda. El ascensor estaba parado en un vestíbulo de mármol oscuro. La anciana sacó una llave del bolso y abrió una puerta de nogal.

—Por aquí…

Les condujo, a lo largo de un pasillo, hasta una habitación que debía de dar al patio, pero cuyos postigos estaban cerrados y las cortinas corridas. La señorita Larrieu dio al conmutador de la luz y, al pie de una mesa de despacho de caoba, vieron un cuerpo tendido sobre la alfombra.

Los tres hombres se quitaron los sombreros con un mismo ademán, mientras la anciana sirvienta los miraba con una especie de desconfianza.

—¿Qué les había dicho? —pareció mascullar.

En efecto, no era necesario inclinarse sobre el cuerpo para saber que el conde de Saint-Hilaire estaba muerto. Una bala había entrado por el ojo derecho, haciendo estallar la bóveda craneal, y, a juzgar por los destrozos en la bata de casa de terciopelo negro y por las manchas de sangre, otros proyectiles habían alcanzado el cuerpo en diversas partes.

Cromières fue el primero que se acercó al cadáver.

—Observe, al parecer estaba ocupado en corregir pruebas…

—¿Escribía un libro?

—Sus memorias. Ya han aparecido dos volúmenes. Sería ridículo buscar en ellas la causa de su muerte, porque Saint-Hilaire era el más discreto de los hombres y sus memorias poseían un giro literario y pintoresco más que político…

Cromières se complacía elaborando bonitas frases, le gustaba oírse hablar, y Maigret empezaba a irritarse. Se hallaban allí los cuatro, en una habitación con los postigos cerrados, a las diez de la mañana, mientras el sol brillaba fuera, mirando a un anciano con el cuerpo dislocado y cubierto de sangre.

—Supongo —masculló el comisario no sin ironía— que esto incumbe al menos al ministerio fiscal.

Sobre la mesa-despacho había un teléfono; pero prefirió no tocarlo.

—Janvier, ve a llamar desde la portería. Llama al ministerio fiscal y al comisario de policía del distrito…

La anciana los miraba uno tras otro como si su misión fuese vigilarlos. Sus ojos eran duros, carentes de simpatía, sin calor humano.

¿Qué hace usted? —preguntó Maigret, al ver que el hombre del Quai d'Orsay abría las puertas de una biblioteca.

—Voy a echar un vistazo… —Y con una seguridad desagradable en un muchacho de su edad, añadió—: Mi papel es asegurarme, a pesar de todo, de que aquí no haya documentos cuya divulgación sería inoportuna…

¿Era tan joven como aparentaba? ¿A qué servicio pertenecía exactamente? Sin esperar a que el comisario diera su consentimiento, examinó el contenido de la biblioteca y abrió las carpetas, que volvió a poner en su sitio una tras otra.

Mientras tanto, Maigret iba y venía, impaciente, de malhumor.

Cromières estaba registrando los muebles, los cajones,

y la anciana seguía de pie, junto a la puerta, con el sombrero puesto y el bolso en la mano.

—¿Quiere usted llevarme a su dormitorio?

La anciana precedió al hombre del Quai d'Orsay, mientras que Maigret se quedaba en el despacho, donde no tardó Janvier en reunírsele.

—¿Dónde están?

—En el dormitorio…

—¿Qué hacemos nosotros?

—Por el momento nada. Espero que ese señor se digne dejarnos actuar.

No era solamente él quien irritaba al comisario. Era también la forma como se presentaba el caso y, sobre todo, el ambiente poco familiar en el que se encontraba sumido de pronto.

—El comisario de policía del distrito estará aquí dentro de un instante —le anunció Janvier.

—¿Le has dicho de qué se trataba?

—Solamente le he pedido que viniera acompañado del forense…

—¿Has llamado a la policía científica?

—Moers estará ya de camino con sus hombres.

—¿Y al ministerio fiscal?

—También.

El despacho era espacioso, cómodo. Aunque no tenía nada de solemne, se notaba en él un refinamiento que chocó al comisario desde que había entrado. Cada mueble, cada objeto eran hermosos. Y el anciano, tendido en el suelo, con la parte superior de la cabeza casi arrancada de cuajo, conservaba, en aquel cuadro, una gran apostura.

Cromières regresó, seguido por la anciana.

—Creo que ya no tengo nada que hacer aquí. Una vez más le recomiendo prudencia y discreción. No puede tratarse de un suicidio, puesto que no hay ningún arma en la habitación. ¿Estamos completamente de acuerdo en eso? ¿Se trata de un robo? Eso es lo que quiero que averigüe usted. De todas formas, sería desagradable que la prensa armase demasiado alboroto sobre este caso…

Maigret lo miraba en silencio.

—Si no le importa, le llamaré para tener noticias —prosiguió el joven—. Puede que necesite usted algunos informes. Siempre podrá dirigirse a mí.

—Gracias.

—En una cómoda del dormitorio encontrará usted cierto número de cartas, que indudablemente le asombrarán. Es una vieja historia, que todo el mundo conoce en el Quai d'Orsay, y que nada tiene que ver con esta tragedia. —Parecía que se marchaba a disgusto—. Cuento con usted…

La anciana Larrieu lo siguió y cerró la puerta del despacho. Poco después, volvieron a verla sin sombrero ni bolso de mano. No pretendía ponerse a disposición del comisario, sino más bien vigilar a los dos hombres.

—¿Duerme usted aquí, en el piso?

Cuando Maigret le habló, ella no lo estaba mirando y pareció no haberle oído. El comisario repitió su pregunta con voz más fuerte. Esta vez, ella inclinó la cabeza, tendiendo su oído bueno.

—Sí. Tengo un cuartito detrás de la cocina.

—¿No hay otros criados?

—Aquí no.

—¿Se ocupa usted de la casa y de la cocina?

—Sí.

—¿Qué edad tiene usted?

—Setenta y tres años.

—¿Y el conde de Saint-Hilaire?

—Setenta y siete.

—¿A qué hora lo dejó usted anoche?

—Hacia las diez.

—¿Estaba en este despacho?

—Sí.

—¿No esperaba a nadie?

—No me lo dijo.

—¿Alguna vez recibía a gente por la noche?

—Sí, a su sobrino.

—¿Dónde vive su sobrino?

—En la calle Jacob. Es anticuario.

—¿Se apellida también Saint-Hilaire?

—No. Es hijo de la hermana del señor. Se llama Mazeron.

—¿Estás tomando notas, Janvier…?

»Esta mañana, cuando usted ha descubierto el cadáver… Porque ha sido esta mañana cuando lo ha descubierto, ¿no es así?

—Sí, a las ocho.

—¿No se le ha ocurrido llamar al señor Mazeron?

—No.

—¿Por qué?

La anciana no respondió. Tenía la mirada fija de ciertas aves, y, como ciertas aves también, se quedaba apoyada en una sola pierna.

—¿No le agrada a usted?

—¿Quién?

—El señor Mazeron…

—Eso no es de mi incumbencia.

Maigret ya sabía que el trato con ella sería difícil.

—¿Qué es lo que no le incumbe?

—Los asuntos familiares.

—¿El sobrino no se entendía con el tío?

—No he dicho eso.

—¿Se llevaban bien?

—No lo sé.

—¿Qué hizo usted anoche a las diez?

—Acostarme.

—¿A qué hora se ha levantado usted?

—A las seis, como de costumbre.

—¿Y no ha entrado en ningún momento en este despacho?

—No tenía nada que hacer aquí.

—¿La puerta estaba cerrada?

—De haber estado abierta, habría notado enseguida que había pasado algo.

—¿Por qué?

—Porque las luces se habían quedado encendidas.

—¿Como ahora?

—No. La lámpara del techo estaba apagada. Solamente estaban encendidas la de encima de la mesa y la de aquel rincón.

—¿Qué ha hecho usted a las seis?

—Primero me he arreglado.

—¿Y después?

—He limpiado la cocina y he salido a por cruasanes.

—¿El piso se ha quedado vacío durante ese tiempo?

—Como todas las mañanas.

—¿Y luego qué ha hecho usted?

—He preparado el café, he desayunado y, por último, me he dirigido al dormitorio con la bandeja.

—¿Estaba deshecha la cama?

—No.

—¿Ha notado algún desorden?

—No.

—Cuando dejó anoche al conde, ¿él llevaba puesta esta bata negra?

—Como todas las noches que no salía.

—¿Salía con frecuencia?

—Le gustaba mucho el cine.

—¿Recibía a amigos?

—Casi nunca. De vez en cuando, comía fuera.

—¿Conoce el nombre de las personas que frecuentaba?

—Eso no me incumbe.

Llamaron a la puerta. Era el comisario del distrito acompañado por su secretario. Miró el despacho, sorprendido; luego, a la anciana; por último, a Maigret, a quien estrechó la mano.

—¿Cómo es que está usted aquí antes que nosotros? ¿Fue ella quien lo ha llamado?

—No. Ella se ha dirigido al Quai d'Orsay. ¿Conoce usted a la víctima?

—Es el antiguo embajador, ¿verdad? Lo conozco de nombre y de vista. Todas las mañanas paseaba por el barrio. ¿Sabe quién lo hizo?

—Aún no sabemos nada. Estoy esperando al ministerio fiscal.

—El médico legista llegará enseguida…

Nadie tocó los muebles ni los objetos. Reinaba un curioso malestar y fue un alivio ver llegar al médico, quien emitió un ligero silbido al inclinarse sobre el cadáver.

—Supongo que no podré darle la vuelta antes de que lleguen los fotógrafos.

—No lo toque… ¿Tiene usted una idea aproximada de la hora en que ocurrió la muerte?

—Existe un límite de tiempo… A primera vista, diría que unas doce horas… Es curioso…

—¿Qué es curioso?

—Parece como si hubiera recibido cuatro balazos… Uno aquí… Otro allí…

Se arrodilló para examinar el cadáver desde más cerca.

—Ignoro qué opinará el médico forense. Por mi parte, no me sorprendería que la primera bala hubiese sido mortal de necesidad, y que, a pesar de eso, hayan continuado disparando. Tenga en cuenta que esto no es más que una hipótesis…

En menos de cinco minutos el piso se había llenado. Primero, el ministerio fiscal, representado por el fiscal adjunto Pasquier y por un juez de instrucción al que Maigret conocía poco, y que se llamaba Urbain du Chézaud.

Los acompañaba el doctor Tudelle, quien había reemplazado al doctor Paul. Casi inmediatamente después, se produjo la invasión de los especialistas de la policía científica con sus molestos aparatos.

—¿Quién ha descubierto el cadáver?

—La sirvienta.

Maigret señaló a la anciana que, sin aparente emoción, continuaba espiando los movimientos de todo el mundo.

—¿La ha interrogado usted?

—Todavía no. Solo he intercambiado unas pocas palabras con ella.

—¿Sabe algo?

—Si lo sabe, no será fácil conseguir que hable.

Les contó la historia del Ministerio de Asuntos Exteriores.

—¿Han robado algo?

—A primera vista no. Estoy esperando a que la policía científica termine su trabajo para asegurarme de ello.

—¿Familia?

—Un sobrino.

—¿Lo han avisado?

—Todavía no. Tengo intención de ir yo mismo para decírselo, mientras mis hombres siguen con la investigación. Vive muy cerca de aquí, en la calle Jacob.

Maigret podría haber llamado al anticuario para pedirle que acudiese, pero prefería encontrarse con él en su ambiente.

—Si usted no me necesita, voy a acercarme un momento hasta allí. Tú, Janvier, quédate aquí...

Era un alivio reencontrarse con la luz del día, con los reflejos del sol bajo los árboles del bulevar Saint-Germain. El aire era cálido y las mujeres iban vestidas de colores claros. Una empleada municipal estaba regando lentamente la mitad de la calzada.

Halló sin dificultad la calle Jacob, la tienda de antigüedades, en uno de cuyos escaparates se veían únicamente armas antiguas, especialmente sables. Empujó la puerta, haciendo sonar una campanilla. Pasaron dos o tres minutos antes de que un hombre saliese de la sombra.

Puesto que el tío tenía setenta y siete años, Maigret suponía que el sobrino no sería un hombre joven. Así y todo, se sorprendió al encontrarse frente a un anciano.

—¿Qué desea usted?

Tenía una cara larga y pálida, con cejas muy pobladas, el cráneo casi calvo y, su ropa holgada le hacía parecer más delgado de lo que era en realidad.

—¿Es usted el señor Mazeron?

—Alain Mazeron, sí.

La tienda estaba repleta de otras armas: mosquetones, trabucos y, al fondo, dos armaduras.

—Soy el comisario Maigret, de la policía judicial.

Frunció las cejas. Mazeron trataba de comprender.

—Es usted sobrino del conde de Saint-Hilaire, ¿verdad?

—Sí, es mi tío. ¿Por qué?

—¿Cuándo lo vio usted por última vez?

—Anteayer.

—¿Tiene usted familia?

—Estoy casado y tengo dos hijos.

—Cuando vio usted a su tío anteayer, ¿le pareció que estaba bien?

—Sí, incluso estaba alegre. ¿Por qué me hace usted esta pregunta?

—Porque ha muerto.

Maigret captó en los ojos del sobrino la misma desconfianza que en los de la vieja sirvienta.

—¿Ha sufrido un accidente?

—En cierto sentido…

—¿Qué quiere usted decir?

—Que lo mataron, anoche, en su despacho. Le dispararon varios tiros con un revólver o una pistola automática.

El rostro del anticuario expresó incredulidad.

—¿Sabe usted si tenía enemigos?

—No… Por supuesto que no…

Si Mazeron se hubiera contentado con negarlo, Maigret no se habría puesto en guardia. El «por supuesto que no», que sonaba como si quisiera rectificar lo que había dicho poco antes, hizo que el comisario aguzara el oído.

—¿No tiene usted idea de a quién podría beneficiar la muerte de su tío?

—No… No creo que pueda beneficiar a nadie…

—¿Poseía alguna fortuna?

—Bastante escasa… Vivía principalmente de su pensión.

—¿Venía algunas veces aquí?

—Algunas veces.

—¿Para comer o cenar en familia?

Mazeron parecía distraído; respondía como si estuviera pensando en otra cosa.

—No, más bien por las mañanas, cuando salía de paseo…

—¿Entraba para charlar con usted?

—Eso es. Entraba, se sentaba un momento…

—¿Iba usted a verle a su casa?

—De vez en cuando…

—¿Con su familia?

—No…

—Tienes usted hijos, según me ha dicho.

—Dos… Dos hijas.

—¿Vive usted en esta casa?

—En el primer piso… Una de mis hijas, la mayor, está en Londres… La segunda, Marcelle, vive con su madre…

—¿No vive usted con su esposa?

—Desde hace algunos años, no…

—¿Están divorciados?

—No… Es algo complicado… ¿No quiere usted que vayamos a casa de mi tío?

Fue a buscar su sombrero en la semioscuridad de la trastienda, colgó de la puerta un letrero en que anunciaba que estaba ausente, la cerró con llave y siguió a Maigret por la acera.

—¿Sabe usted cómo sucedió? —preguntó.

Se le notaba inquieto, atormentado.

—Apenas sé nada.

—¿Robaron algo?

—No lo creo. No había ningún desorden en el piso.

—¿Qué dijo Jaquette?

—¿Se refiere al ama de llaves?

—Sí… Es su nombre… No sé si es exactamente ese, pero siempre le han llamado Jaquette…

—¿No le es simpática?

—¿Por qué me lo pregunta?

—Ella no parece sentir mucha simpatía por usted.

—Tan solo quiere a mi tío. Si hubiese dependido de ella, nadie habría entrado nunca en el piso.

—¿La cree capaz de haberlo matado?

Mazeron le miró, asombrado.

—¿Matarlo…? ¿Ella…?

Era evidente que semejante idea le parecía de lo más descabellada. Y, no obstante, tras unos instantes, se sorprendía al reflexionar:

—No… No es posible…

—Ha tenido usted una ligera vacilación.

—Debido a sus celos…

—¿Cree usted que ella le amaba?

—Ella no siempre ha sido una anciana…

—¿Imagina que tal vez entre ambos…?

—Es probable… No me atrevería a jurarlo… Con un hombre como mi tío, es difícil saberlo… ¿Ha visto usted las fotografías de Jaquette cuando era joven?

—Aún no he visto nada…

—Ya las verá… Todo esto resulta muy complejo… Sobre todo, que ocurra en estos momentos…

—¿Qué quiere decir con eso?

Mazeron miró a Maigret con fastidio y suspiró:

—Resumiendo, ya veo que no sabe usted nada.

—¿Qué debería saber?

—Es lo que me pregunto… Es una historia molesta… ¿Encontró usted las cartas?

—Acabo de empezar la investigación.

—¿No estamos a miércoles?

Maigret asintió con la cabeza.

—Exactamente el día del entierro…

—¿Del entierro de quién?

—Del príncipe de V. Lo comprenderá usted cuando haya leído las cartas.

En el momento en que llegaban a la calle de Saint-Dominique, el coche de la policía científica se alejaba y Moers saludó a Maigret con la mano.

2

—¿En qué piensa usted, jefe?

Janvier se sorprendió del efecto que produjo la pregunta, que había formulado exclusivamente para romper un silencio demasiado largo. Se habría dicho que las palabras no alcanzaron inmediatamente el cerebro de Maigret, que eran tan solo sonidos que debían ordenarse antes de que desentrañara el sentido.

El comisario miró a su compañero con grandes ojos vagos, aire preocupado, como si acabase de dejar al descubierto uno de sus secretos.

—A esa gente… —murmuró.

Evidentemente, no se refería a los clientes que comían en aquel restaurante de la calle de Bourgogne en el que estaban, sino a los otros, a aquellos de quienes nunca había oído hablar hasta el día anterior y cuya vida secreta, hoy, tenía la tarea de descubrir.

Cada vez que se compraba un traje, un abrigo o un par de zapatos, Maigret se lo ponía, primero, por la noche, para pasearse con su mujer por las calles del barrio o para ir al cine.

«Tengo que acostumbrarme a ellos», le decía a la señora Maigret, quien se burlaba cariñosamente de él.

Le ocurría lo mismo cuando se sumía en una nueva investigación. Los otros no se daban cuenta, debido a su figura corpulenta, a la tranquilidad que reflejaba su rostro, que confundían con una sensación de seguridad. En realidad, pasaba por un periodo más o menos largo de dudas, de malestar, incluso de timidez.

Debía acostumbrarse a un ambiente desconocido, a una casa, a un tipo de vida, a personas que tenían sus costumbres, su forma de pensar y de expresarse.

En el caso de ciertas categorías de hombres, era relativamente fácil; por ejemplo, en el de los clientes más o menos asiduos o en el de aquellos que se les asemejaban.

En otros casos, era necesario volver a aprender de nuevo cada vez, sobre todo porque desconfiaba de las reglas y de las ideas preconcebidas.

En el caso actual, sufría un *hándicap* suplementario. Había entrado en contacto, aquella mañana, con un ambiente no solo demasiado cerrado, sino situado, para él, debido a su infancia, en un plano especial.

Se daba cuenta de que, todo el tiempo que había estado en la calle Saint-Dominique, no demostró su acostumbrada desenvoltura; estuvo torpe, sus preguntas fueron reticentes, carentes de habilidad… ¿Lo habría notado Janvier?

Si lo notó, seguramente no pensó que eso se debía a un lejano pasado de Maigret, a los años vividos a la sombra de un castillo del que su padre era administrador y donde el conde y la condesa de Saint-Fiacre fueron a sus ojos, durante muchos años, seres de una esencia especial.

Los dos hombres habían elegido aquel restaurante para comer, situado en la calle de Bourgogne, por la terraza, y pronto se dieron cuenta de que el establecimiento lo frecuentaban funcionarios de los ministerios que se hallaban en los alrededores, sobre todo, de la Presidencia del Consejo, al parecer, con algunos oficiales de paisano, pertenecientes al Ministerio de la Guerra.

No eran empleados cualesquiera. Todos poseían, por lo menos, el grado de jefe de negociado, y Maigret se sorprendió de que fueran tan jóvenes. También le sorprendió su seguridad. En su forma de hablar, en su comportamiento, se los adivinaba seguros de sí mismos. Algunos, al reconocerlo, hablaban de él en voz baja. A Maigret le irritaba su aire de inteligencia y su ironía.

La gente del Quai des Orfèvres, que a su vez eran funcionarios públicos, ¿acaso daba también la misma impresión de tener respuesta para todas las preguntas?

Eso era lo que pensaba en el momento en que Janvier lo sacó de su ensueño, y también en la mañana que había pasado en la calle Saint-Dominique; en el muerto, aquel conde llamado Armand de Saint-Hilaire, tanto tiempo embajador, que acababa de ser asesinado a los setenta y siete años; en la extraña Jaquette Larrieu y en sus ojillos fijos, que lo escudriñaban hasta lo más profundo de sí mismo mientras lo escuchaba, con la cabeza ladeada, atenta al movimiento de los labios; en Alain Mazeron, por último, pálido y desgalichado, solitario en su tienda de la calle Jacob, entre sables y armaduras, y al que Maigret no conseguía vincular con ninguna categoría.

¿Cuáles eran los términos empleados por el médico inglés en el artículo del *Lancet*? No los recordaba. En general, pretendía decir que un maestro de escuela excepcional, un novelista o un policía están mejor preparados que un médico o un psiquiatra para conocer a fondo la verdadera naturaleza de los hombres.

¿Por qué el policía aparecía el último de la lista, detrás del maestro y, sobre todo, del novelista…? ¿Por qué el último…?

Eso le vejaba un tanto. Para dar un mentís al autor del artículo, Maigret necesitaba apresurarse en adentrarse en aquel caso.

Tomaron espárragos de primero y luego raya a la mantequilla negra. El cielo, encima de la calle, continuaba estando azul; las mujeres que pasaban llevaban trajes claros.

Antes de decidirse a ir a comer, Maigret y Janvier habían permanecido hora y media en el piso del muerto, que ya les resultaba más familiar.

Se habían llevado el cadáver al Instituto Forense, en donde el doctor Tudelle le estaba practicando la autopsia. Los del ministerio fiscal y los de la policía científica se habían marchado también. Con un suspiro de alivio, Maigret descorrió las cortinas y abrió los postigos para que el sol penetrase en las habitaciones y diera a los muebles y a los objetos su aspecto cotidiano.

Al comisario no le molestaba que la anciana Jaquette y el sobrino lo siguiesen por el piso, atentos a sus gestos y a sus expresiones, y, de vez en cuando, se volvía hacia ellos para hacerles una pregunta.

Sin duda estaban sorprendidos de verlo ir y venir tanto tiempo sin mirar nada en concreto, como si visitase un piso por alquilar.

El despacho, tan agobiante por la mañana a la luz artificial, le interesaba mucho y volvía a él sin cesar, con un secreto placer, porque era una de las habitaciones más agradables que jamás había visto.

Era de techo alto, iluminado por un ventanal que se abría a una escalinata de tres peldaños, y se descubría, no sin sorpresa, un verdadero jardín, un césped bien cuidado, un enorme tilo, que se alzaba en un universo de piedra...

—¿Quién dispone de este jardín? —preguntó, levantando la vista para mirar los otros pisos.

La respuesta llegó de Mazeron.

—Mi tío.

—¿No hay otros inquilinos?

—No. La casa era suya. Nació aquí. Su padre, que disfrutaba entonces de una bonita fortuna, ocupaba la primera planta y la segunda. Cuando falleció, mi tío, que ya era huérfano de madre, se reservó este pisito y el jardín.

Este sencillo detalle era significativo. ¿No es raro, en París, que un hombre de setenta y siete años viva aún en la casa donde nació?

—¿Y cuando era embajador en el extranjero?

—Cerraba el piso y volvía aquí durante las vacaciones. Contrariamente a lo que podría pensarse, el inmueble apenas le generaba beneficios. La mayoría de los inquilinos llevan tanto tiempo aquí que pagan alquileres irrisorios, y, algunos años, con las reparaciones y los impuestos, mi tío tenía que rascarse el bolsillo.

No contaba con muchas habitaciones. El despacho hacía también de sala. Junto a él, estaba el comedor, frente a la cocina; el dormitorio y un cuarto de baño.

—¿Dónde duerme usted? —preguntó Maigret a Jaquette.

La anciana le hizo repetir la pregunta, y Maigret empezó a creer que se trataba de una manía.

—Detrás de la cocina.

En efecto, descubrió allí una especie de cuarto que recordaba a un trastero, en el que habían instalado una cama de hierro, un armario y un lavabo con agua corriente. Sobre una pila de agua bendita, provista de una brizna de boj, estaba colgado un crucifijo de ébano.

—¿Era religioso el conde de Saint-Hilare?

—Nunca faltó a misa los domingos, ni siquiera en Rusia.

Lo que chocaba más era una sutil armonía, un refinamiento que a Maigret le habría costado definir. Los muebles eran de estilos diferentes y no se habían preocupado de formar un conjunto con cierta coherencia. Cada habitación no era menos hermosa en sí; cada una había adquirido la misma pátina, la misma personalidad.

El despacho se hallaba casi completamente tapizado de libros encuadernados, mientras que otros, de cubiertas blancas o amarillas, se alineaban en estanterías colocadas en el pasillo.

—¿Estaba cerrado el ventanal cuando ha descubierto usted el cadáver?

—Ha sido usted quien lo ha abierto. Yo ni siquiera he tocado las cortinas.

—¿Y la ventana del dormitorio?

—También estaba cerrada. El señor conde era friolero.

—¿Quién tenía la llave del piso?

—Él y yo. Nadie más.

Janvier había interrogado al portero. La puertecilla recortada en la monumental puerta cochera permanecía abierta hasta medianoche. El portero no se acostaba nunca antes de esa hora. En ocasiones, se metía en su habitación, situada detrás de la portería, desde donde no veía necesariamente a los que entraban ni a los que salían. La noche anterior no observó nada anormal. La casa estaba en calma, repetía con insistencia. Ocupaba el puesto desde hacía treinta años, durante los cuales la policía nunca había aparecido por allí.

Era demasiado pronto para reconstruir lo que había ocurrido la tarde o la noche precedente. Había que esperar el informe del médico forense y luego el de Moers y de sus hombres.

Una cosa parecía evidente: Saint-Hilaire no se había acostado. Llevaba puesto un pantalón gris oscuro a rayas, una camisa blanca ligeramente almidonada, una corbata de lazo y, como de costumbre, cuando se quedaba en casa, una bata de terciopelo negro.

—¿Solía permanecer despierto hasta tan tarde?

—Depende de lo que usted llame «tarde».

—¿A qué hora se acostaba?

—Casi siempre me acostaba antes que él.

Era desesperante. Las preguntas más insulsas topaban con la desconfianza de la anciana criada, que rara vez contestaba directamente.

—¿No lo oía usted abandonar el despacho?

—Vaya a mi cuarto y comprobará que no se oye nada, excepto el sonido del ascensor, que se encuentra al otro lado de la pared.

—¿Qué solía hacer el conde por la noche?

—Leer, escribir, corregir las pruebas de su libro…

—¿Se acostaba hacia medianoche, por ejemplo?

—Quizás un poco antes, o un poco después, según los días.

—Al ir a acostarse, ¿nunca lo llamaba por si necesitaba sus servicios?

—¿Para qué?

—Podría haber querido alguna infusión antes de acostarse, o bien…

—Nunca tomaba infusiones. Por lo demás, él tenía su pequeña bodega…

—¿Qué bebía?

—En las comidas, vino: burdeos rojo. Por la noche, una copa de aguardiente.

Maigret vio la copa vacía sobre la mesa del despacho, y los especialistas de la policía científica se la llevaron por si encontraban en ella huellas dactilares..

Si el anciano había recibido alguna visita, no parecía haberle invitado a que bebiera, porque no se encontró otra copa sobre el escritorio.

—¿Poseía el conde armas de fuego?

—Escopetas de caza. Están guardadas en la alacena del fondo del pasillo.

—¿Era cazador?

—Solía cazar cuando le invitaban a un castillo.

—¿No tenía pistola ni revólver?

Jaquette se calló obstinadamente una vez más, y, en tales casos, sus pupilas se contraían como las de un gato; su mirada se inmovilizaba, carente de expresión…

—¿Ha oído mi pregunta?

—¿Qué me ha preguntado?

Maigret repitió la frase.

—Creo que tenía un revólver.

—¿De cilindro?

—¿A qué llama usted cilindro?

Él se esforzó en explicárselo. No. No era un arma de cilindro. Era un arma aplastada, azulada, de cañón corto.

—¿Dónde guardaba esa automática?

—No lo sé. Hace mucho tiempo que no la he visto. La última vez estaba en un cajón de la cómoda.

—¿En su dormitorio?

La anciana fue a enseñarle el cajón, que solo contenía pañuelos, calcetines y tirantes de todos los colores. Los otros cajones del mueble estaban repletos de ropa interior cuidadosamente colocada: camisas, camisetas, calzoncillos, pañuelos, y, debajo de todo, la ropa blanca que se usaba con el esmoquin y con el frac.

—¿Cuándo vio la automática por última vez?

—Hace años.

—¿Cuántos, más o menos?

—No lo sé. El tiempo pasa tan deprisa…

—¿Solo la vio en la cómoda?

—No. Tal vez el señor conde la guardó en un cajón de la mesa del despacho. Yo no abría nunca esos cajones. Además, siempre estaban cerrados con llave.

—¿Sabe usted por qué?

—¿Por qué se cierran los cajones con llave?

—¿Desconfiaba de usted?

—Claro que no.

—¿De quién?

—¿No cierra usted ningún mueble con llave?

Había, en efecto, una llave, una llave de bronce de aspecto barroco, que abría los cajones del escritorio estilo imperio. El contenido no reveló nada, sino que Saint-Hilaire, como todo el mundo, acumulaba pequeños objetos inútiles; por ejemplo, carteras viejas y vacías, dos o tres boquillas para cigarros de ámbar con anillo dorado, un corta cigarros, chinchetas, lápices y portaminas de todos los colores.

En otro cajón estaba el papel de cartas, marcado con una corona; sobres, tarjetas de visita y trozos de cuerda cuidadosamente enrollados, goma de pegar, una pequeña navaja con la hoja mellada…

Las puertas enrejadas de cobre de una biblioteca estaban tapizadas de tela verde. En su interior no había libros, sino, sobre los estantes, paquetes de cartas cuidadosamente atadas, cada uno con un papel con una fecha escrita.

—¿Era a esto a lo que hacía usted alusión hace un momento? —preguntó Maigret a Alain Mazeron.

El sobrino asintió con la cabeza.

—¿Sabe usted de quién son estas cartas?

Nuevo asentimiento.

—¿Fue su tío quien le habló de ellas?

—Ya no sé si me habló de ellas, pero todo el mundo estaba al corriente.

—¿A quién se refiere usted con «todo el mundo»?

—A los círculos diplomáticos, a sociedad mundana…

—¿Llegó usted a leer algunas de estas cartas?

—Nunca.

—Puede usted dejarnos e ir a preparar su almuerzo —le dijo Maigret a Jaquette.

—¡Si cree usted que voy a comer un día como el de hoy…!

—De todas formas, déjenos. Seguramente encontrará algo que hacer.

Era evidente que a ella le repugnaba dejarlo solo con el sobrino. Varias veces, el comisario había sorprendido las miradas casi de odio que la criada echaba de reojo al sobrino.

—¿Me ha entendido?

—Sé que esto no me incumbe, pero…

—¿Qué?

—Las cartas de una persona son sagradas…

—¿Aunque puedan ayudar a descubrir un crimen?

—Ellas no le ayudarán en absoluto.

—Es muy posible que la necesite dentro de un rato. Mientras tanto…

Miró la puerta y Jaquette se alejó a disgusto. ¿No se habría indignado si hubiese visto a Maigret ocupar el sitio del conde de Saint-Hilaire ante la mesa sobre la cual Janvier estaba colocando en fila los montones de cartas?

—Siéntese —le dijo Maigret a Mazeron—. ¿Sabe usted de quién es esta correspondencia?

—Sí. Verá que todas esas cartas están firmadas por Isi.

—¿Quién es Isi?

—Isabelle de V. La princesa de V. Mi tío siempre la llamó Isi…

—¿Era su amante?

¿Por qué a Maigret le parecía que Mazaron tenía rostro de sacristán, como si los sacristanes debieran poseer un físico especial? También Mazeron, como Jaquette, dejaba pasar cierto tiempo antes de responder a las preguntas.

—Al parecer, no eran amantes.

Maigret desató la cuerda de un paquete de cartas amarillentas que databan de 1914, algunos días antes de la declaración de guerra.

—¿Qué edad tiene ahora la princesa?

—Espere que calcule… Tenía cinco o seis menos que mi tío… Por tanto, setenta y uno o setenta y dos…

—¿Venía aquí con frecuencia?

—Nunca la he visto aquí. Creo que jamás vino a esta casa, y, si vino, fue antes.

—¿Antes de qué?

—Antes de casarse con el príncipe de V.

—Escuche, señor Mazeron, me gustaría que me contara usted esta historia lo más claramente posible…

—Isabelle era hija del duque de S.

Se experimentaba una curiosa impresión oír aquellos nombres sacados de la historia de Francia.

—¿Y entonces?

—Hacia mil novecientos diez, cuando se encontró con ella, mi tío tenía veintiséis años. Más exactamente, la había conocido, de niña, en el castillo del duque, donde él pasaba a veces sus vacaciones. Luego estuvo mucho tiempo sin verla y, al encontrarse de nuevo, fue cuando se enamoraron.

—¿Su tío había perdido ya a su padre?

—Hacía dos años.

—¿Le quedó alguna fortuna?

—Solamente esta casa y algunas tierras en Sologne.

—¿Por qué no se casaron?

—No lo sé. Tal vez porque mi tío empezaba a ejercer de diplomático y lo enviaron a Polonia como segundo o tercer secretario de embajada.

—¿Estaban prometidos?

—No.

Maigret sentía cierto pudor en revisar las cartas esparcidas ante él. En contra de lo que esperaba, no eran cartas de amor. La joven que las había escrito contaba, en un estilo bastante dinámico, los pequeños acontecimientos de su propia vida y de la vida parisiense.

No tuteaba a su correspondiente, al que llamaba «gran amigo», y firmaba como «Su fiel Isi».

—¿Qué pasó luego?

—Antes de la guerra... me refiero a la del catorce... en mil novecientos doce, si no me equivoco, Isabelle se casó con el príncipe de V.

—¿Lo amaba?

—Si hay que creer lo que se cuenta, no. Incluso se comenta que ella se lo confesó en un acceso de franqueza. Lo que sé del asunto es por habérselo oído a mis padres cuando yo era pequeño.

—¿Su madre de usted era hermana del conde de Saint-Hilaire?

—Sí.

—¿Se casó con alguien de su clase social?

—Se casó con mi padre, que era pintor y que, en su época, conoció el éxito. Ahora ha caído bastante en el olvido, pero hay un cuadro suyo en el Luxemburgo. Más adelante, para ganarse la vida, se convirtió en restaurador de cuadros.

Durante esa parte de la mañana, Maigret tuvo la impresión de arrancar casi a la fuerza cada trozo de verdad. No consiguió obtener una imagen nítida. Aquella gente le parecía irreal, como salida de una novela de 1900.

—Si lo he entendido bien, Armand de Saint-Hilaire no se casó con Isabelle porque él carecía de fortuna, ¿no es verdad?

—Supongo que sí. Es lo que siempre me han dicho y lo que parece más verosímil.

—Por tanto, ella se casó con el príncipe de V. al que, según usted, no amaba, aunque ella se lo confesó, siendo honesta con él.

—Se trataba de un arreglo entre dos grandes familias, entre dos grandes apellidos.

¿Acaso no había ocurrido lo mismo, en otra época, entre los Saint-Fiacre? Cuando se trató de encontrar esposa para su hijo, ¿la anciana condesa no se dirigió al obispo?

—¿El matrimonio tuvo hijos?

—Uno solo, después de varios años de casados.

—¿Qué fue de él?

—El príncipe Philippe debe de tener ahora cuarenta y cinco años. Se casó con una señorita de Marchangy y vive casi todo el año en su castillo de Genestoux, cerca de Caen, donde posee una yeguada y varias granjas. Tiene cinco o seis hijos.

—Durante cincuenta años, a juzgar por esta correspondencia, Isabelle y el tío de usted siguieron escribiéndose largas cartas casi todos los días. ¿Estaba al corriente el marido?

—Se dice que sí.

—¿Lo conoce usted?

—Solamente de vista.

—¿Qué clase de hombre es?

—Un hombre de mundo y un coleccionista.

—¿Coleccionista de qué?

—De medallas, de tabaqueras…

—¿Llevaba una vida mundana?

—Recibía todas las semanas en su mansión de la calle de Varenne, y, durante el otoño, en su castillo de Saint-Sauveur-en-Bourbonnais.

Maigret frunció el ceño. Por una parte, comprendía que todo aquello probablemente era cierto; pero, al mismo tiempo, aquellos individuos le resultaban poco creíbles.

—La calle de Varenne está a cinco minutos de aquí, andando —objetó.

—Pero yo juraría que, durante cincuenta años, la princesa y mi tío no se vieron nunca.

—¿A pesar de escribirse todos los días?

—Tiene usted las cartas ante sus ojos.

—¿Y el marido estaba al corriente?

—Isabelle no habría aceptado que se escribieran a escondidas.

Maigret casi sintió deseos de enfadarse, como si se estuvieran burlando de él. Sin embargo, las cartas estaban ante él, en efecto, llenas de frases reveladoras:

… esta mañana, a las once, he recibido la visita del abate Gauge y hemos hablado mucho de usted. Para mí, es reconfortante saber que los lazos que nos unen son de esos contra los cuales nada pueden los seres humanos…

—¿La princesa es muy católica?

—Mandó bendecir una capilla en su mansión de la calle de Varenne.

—¿Y su esposo?

—También lo es.

—¿Él ha tenido amantes?

—Eso dicen.

Otra carta, de un paquete más reciente:

> … Toda mi vida le estaré agradecida a Hubert por haber comprendido…

—Supongo que Hubert es el príncipe de V.

—Sí. Perteneció, en otra época, al funcionariado de Saumur. Todas las mañanas montaba a caballo en el Bois de Boulogne, hasta que, la semana pasada, sufrió una caída mortal.

—¿Qué edad tenía?

—Ochenta años.

En aquel caso no había más que viejos, con relaciones entre ellos que no parecían humanas.

—¿Está usted seguro de todo lo que me ha contado?

—Si lo pone en duda, pregunte a quien quiera.

¡A quien quiera en un medio social del que Maigret solo tenía una idea vaga y con toda seguridad inexacta!

—Sigamos —dijo soltando un suspiro de cansancio—. El príncipe que acaba de morir, ¿es ese del que me ha hablado usted hace unos instantes?

—Sí, murió el domingo por la mañana. Los periódicos han hablado de ello. Falleció a consecuencia de una caída de caballo, y los funerales se están celebrando en estos momentos en Sainte-Clotilde.

—¿Tenía alguna relación con su tío?

—Que yo sepa no…

—¿Y se encontraban en algún evento social?

—Supongo que evitarían frecuentar los mismos salones y círculos sociales.

—¿Se odiaban?

—No lo creo.

—¿Su tío hablaba con frecuencia del príncipe?

—No. Nunca lo mencionó.

—¿Y de Isabelle?

—Hace mucho tiempo me dijo que yo era su único heredero y que lamentaba que no llevase su apellido. Y el hecho de que yo no tenga hijos varones, sino hijas, lo entristecía aún más. Si yo hubiera tenido un varón —añadió—, habría dado los pasos legales para que le permitieran llevar el apellido de Saint-Hilaire.

—Así pues, usted es el único heredero de su tío.

—Sí, pero aún no he acabado de contárselo todo. Indirectamente, sin citar nombre, me habló esa vez de la princesa. Me dijo: «Aún espero casarme un día Dios sabe cuándo; pero será ya demasiado tarde para tener hijos…».

—Si lo he comprendido bien, la situación es la siguiente: hacia mil novecientos doce, su tío conoce a una muchacha de la que se enamora y por la que es correspondido. Pero no se casan porque el conde de Saint-Hilaire no tiene prácticamente fortuna.

—Exacto.

—Dos años después, mientras su tío se halla trabajando en una embajada en Polonia o en otra parte, la joven Isabelle contrae un matrimonio de conveniencia, y se convierte en princesa de V. Tiene un hijo, por lo que no se trata, pues, de un matrimonio no consumado. Los esposos actúan, en esa época al menos, como marido y mujer.

—Sí.

—Salvo que, entretanto, Isabelle y su tío se hayan vuelto a ver y hayan cedido a su pasión.

—No.

—¿Por qué se muestra usted tan categórico? ¿No cree que en ese mundo…?

—Lo digo porque mi tío pasó toda la guerra del catorce fuera de Francia y, cuando regresó, el niño, Philippe, tenía dos o tres años.

—Admitámoslo. Los enamorados vuelven a verse…

—No.

—¿Nunca volvieron a verse?

—Ya se lo he dicho.

—Durante cincuenta años, pues, se escriben casi diariamente, y, un día, su tío le habla a usted de una boda que tendrá lugar en un futuro más o menos lejano. Lo cual significa, supongo, que Isabelle y él esperan la muerte del príncipe para poder casarse.

—Así lo creo.

Maigret se enjugaba la frente, miraba el tilo, más allá del ventanal, como si tuviese necesidad de tomar contacto con una realidad más terrestre.

—Llegamos al epílogo. Hace diez o doce días, poco importa, el octogenario príncipe se cae del caballo en el Bois de Boulogne. El domingo por la mañana fallece a consecuencia de las heridas. Ayer, martes, es decir, dos días después, su tío es asesinado por la noche en su despacho. Por lo que la pareja, que esperaba desde hacía cincuenta años el momento de estar, al fin, unida, no lo estará. ¿Es exacto? Muchas, gracias, señor Mazeron. Por favor, ¿puede usted darme la dirección de su esposa?

—Calle de la Pompe, veintitrés, en el barrio de Passy.

—¿Conoce usted al abogado o al notario de su tío?

—Su notario es el señor Aubonnet, calle de Villersexel.

También se encontraba cerca de allí. Toda aquella gente, a excepción de la señora Mazeron, vivían casi puerta con puerta, en el barrio de París que Maigret menos conocía.

—Hemos acabado. Supongo que a usted siempre podré encontrarlo en su casa.

—Esta tarde estaré poco en casa, porque tengo que ocuparme de los funerales, de las esquelas, y, antes que nada, debo ponerme en contacto con el abogado Aubonnet.

Mazeron se marchó de mala gana, y Jaquette, surgiendo de la cocina, fue a cerrar la puerta tras él.

—¿Me necesita ahora?

—Ahora mismo no. Vamos a almorzar. Volveremos esta tarde.

—¿Debo permanecer aquí?

—¿Adónde iría sino?

Ella lo miró sin comprender.

—Le pregunto dónde tiene intención de ir.

—¿Yo? A ninguna parte… ¿Adónde iría?

Debido a su actitud, Maigret y Janvier no se marcharon enseguida. Maigret llamó al Quai des Orfèvres.

—¿Lucas…? ¿Tienes a alguien disponible para que venga a pasar un par de horas a la calle de Saint-Dominique…? ¿A Torrence? ¡Bien! Que coja un coche…

De modo que, mientras los dos hombres almorzaban, Torrence se quedó medio dormido en el sillón del conde de Saint-Hilarie.

Hasta donde podía saberse, no habían robado nada del piso; tampoco habían forzado la entrada. El asesino había entrado por la puerta y, como Jaquette juraba no haber abierto a nadie, había que creer que había sido el propio conde quien introdujo a su visitante.

¿Lo esperaba? ¿No lo esperaba? No le ofreció de beber. Solo se había encontrado una copa sobre la mesa de despacho, al lado de la botella de coñac.

¿Habría recibido en bata Saint-Hilaire a una dama? Era muy probable que no, si uno, claro está, se guiaba por lo poco que se sabía de él.

Era, pues, un hombre quien había ido a verlo. El conde no desconfiaba del visitante, puesto que se había sentado a su mesa, ante las pruebas de imprenta que estaba corrigiendo momentos antes.

—¿No has visto si había colillas de cigarrillos en el cenicero?

—Me parece que no.

—¿Ni de puro?

—Tampoco.

—Apostaría que antes de esta noche recibiremos una llamada del joven señor Cromières.

Otro que había tenido la habilidad de poner sobre ascuas a Maigret.

—Las exequias del príncipe deben de haber terminado.

—Probablemente.

—Isabelle estará, pues, en su casa de la calle de Varenne, rodeada de su hijo, de su nuera y de sus nietos.

Hubo una pausa. Maigret frunció el ceño, como hombre que dudaba.

—¿Tiene usted intención de ir allí? —preguntó Janvier con alguna inquietud.

—No… con esa gente, no… ¿Quieres café…? ¡Camarero, dos cafés…!

Uno habría jurado que, ese día, Maigret odiaba a todo el mundo, incluso a los funcionarios de más o menos alto rango que comían en las mesas vecinas, mientras lo observaban con ironía.

3

En cuanto dio la vuelta a la esquina de la calle de Saint-Dominique, Maigret los vio y refunfuñó. Eran más de una docena, periodistas y fotógrafos, y estaban delante del domicilio del conde de Saint-Hilaire, y algunos, como quien se prepara para un sitio prolongado, se habían sentado en la acera, de espaldas a la pared.

Lo reconocieron de lejos, ellos también, y se precipitaron corriendo hacia él.

—¡Esto le encantará a nuestro querido señor Cromières! —masculló dirigiéndose a Janvier.

Era inevitable. Desde el momento en que un caso pasaba por una comisaría de distrito, siempre había alguien que avisaba a la prensa.

Los fotógrafos, que tenían cientos de clichés de él en sus archivos, lo ametrallaban a flashes, como si fuera diferente del día anterior o de cualquier otro. Los periodistas hacían preguntas, que, afortunadamente, indicaban que sabían del asunto menos de lo que Maigret creía.

—¿Se trata de un suicidio, señor comisario?

—¿Han desaparecido documentos?

—Por el momento, señores, no tengo nada que decir.

—¿Hay que concluir que se trata, tal vez, de un asunto político?

Andaban retrocediendo delante de él, con el cuadernillo en la mano.

—¿Cuándo podrá usted darnos algunos datos?

—Tal vez mañana, o dentro de ocho días. —Tuvo la desgracia de añadir—: O quizá nunca. —Intentó arreglar lo dicho—: Estoy bromeando, por supuesto. Sean amables y déjennos trabajar en paz.

—¿Es cierto que escribía sus memorias?

—Tan cierto como que hay dos volúmenes disponibles ya en las librerías.

Un agente uniformado estaba de pie delante de la puerta. Unos instantes después, tras el timbrazo de Maigret, Torrence, en mangas de camisa, la abrió.

—Me he visto obligado a llamar a un agente, jefe. Consiguieron entrar en el inmueble y cada cinco minutos llamaban a la puerta.

—¿Nada nuevo…? ¿Ninguna llamada telefónica?

—Unas veinte. De los periódicos.

—¿Dónde está la anciana?

—En la cocina. Cada vez que suena el teléfono, se lanza sobre él con la esperanza de responder antes que yo. La primera vez, hasta intentó arrancarme el auricular de la mano.

—¿Ella ha llamado a alguien? Sabías que hay un segundo aparato en el dormitorio, ¿verdad?

—He dejado la puerta del despacho abierta para oír sus idas y venidas. No ha entrado en el dormitorio.

—¿Tampoco ha salido a la calle?

—No. Lo ha intentado para ir a comprar, según me ha dicho ella, el pan. Y, como usted no me ha dejado instrucciones al respecto, he optado por impedírselo. ¿Qué hago ahora?

—Vuélvete al Quai.

Por un instante, el comisario se planteó regresar allí también y llevarse con él a Jaquette, a la que tenía enormes deseos de interrogar tranquilamente. Pero no se sentía preparado aún para ese interrogatorio. Prefería seguir en el piso y tratar de hacer hablar a la vieja sirvienta en el despacho de Saint-Hilaire.

Mientras tanto, abrió de par en par los dos batientes del alto ventanal y se sentó en el sitio que el conde tenía por costumbre ocupar. Alargó la mano hacia un paquete de cartas. En ese mismo instante se abrió la puerta. Era Jaquette Larrieu, con expresión más acre y desconfiada que nunca.

—No tiene usted derecho a hacer eso.

—¿Sabe usted de quién son estas cartas?

—Poco importa que yo sepa o no de quién son. Es correspondencia privada.

—Hágame el favor de regresar a la cocina o a su habitación.

—¿No puedo salir a la calle?

—Por el momento no.

La anciana titubeó, buscando una réplica mordaz, que no encontró, y, pálida de rabia, se resignó a salir del despacho.

—Ve a buscarme la fotografía con marco de plata que he visto esta mañana en el dormitorio —le dijo a Janvier.

Por la mañana, Maigret no había prestado excesiva atención a esa foto. Demasiadas cosas le resultaban aún extrañas.

Era un principio básico en él no formarse una opinión demasiado rápida, porque desconfiaba de sus primeras impresiones.

Durante la comida en la terraza, había recordado de repente una litografía que había visto durante muchos años en el dormitorio de sus padres. Era su madre quien debió de elegirla y colgarla allí. El marco era blanco, siguiendo la moda de principios de siglo. Se veía a una joven a orillas de un lago, vestida con un traje de princesa, un amplio sombrero de pluma de avestruz en la cabeza, una puntiaguda sombrilla en la mano. La expresión de su rostro era triste, como el paisaje, y Maigret estaba seguro de que su madre encontraba poética esa imagen. ¿No era esa la poesía de la época?

La historia de Isabelle y del conde de Saint-Hilaire le recordó esa imagen con tanta precisión que vio de nuevo el papel pintado a rayas azules del dormitorio de sus padres.

Ahora bien, en el marco de plata, que había visto aquella mañana en el dormitorio del conde, y que Janvier le estaba llevando en ese mismo instante, encontró la misma silueta, un vestido del mismo estilo, una tristeza idéntica…

Estaba seguro de que se trataba de una fotografía de Isabelle hacia 1912, de la época en la que era aún una muchacha soltera y también en la que había conocido al futuro embajador.

No era alta y, tal vez debido al corsé, parecía tener el talle delgado y el busto, como se decía entonces, bastante abundante. Los rasgos estaban perfectamente dibujados, la boca fina, los ojos claros, azules o grises.

—¿Qué hago ahora, jefe?

—Siéntate.

Maigret necesitaban a alguien a su lado, como si eso pudiese controlar sus impresiones. Delante de él, los paquetes de cartas estaban alineados por años y, que el comisario iba cogiendo uno tras otro. No lo leía todo, claro está, porque eso le habría llevado días. Pero una frase de aquí, un párrafo de allá… «Mi magnífico amigo… Amigo muy querido… Dulce amigo…».

Más adelante, tal vez porque ella se sentía más próxima a él, escribía sencillamente: «Amigo…».

Saint-Hilaire había conservado los sobres, que llevaban sellos de diferentes países. Isabelle había viajado mucho. Por ejemplo, durante largo tiempo, las cartas de agosto estaban fechadas en Baden-Baden o en Marienbad, las ciudades termales aristocráticas de la época.

También había cartas del Tirol, muchas de Suiza y de Portugal. Isabelle contaba con complacencia y vivacidad los pequeños acontecimientos que enriquecían sus días y describía de un modo bastante espiritual a las personas que conocía.

Frecuentemente las nombraba por su nombre o con una simple inicial.

Maigret tardó cierto tiempo en aclararse. Gracias al sello de Correos y al contenido, conseguían descifrar, poco a poco, aquella especie de jeroglífico.

Marie, por ejemplo, era una reina que aún reinaba en aquel tiempo en Rumanía. Isabelle escribía desde Bucarest, donde hacía una visita a la corte en compañía de su padre, y se la encontraba un año más tarde en la corte italiana: «Mi primo H.».

El nombre aparecía completo en otra carta, el del príncipe de Hesse, y había otros, más o menos primos o primos segundos.

Durante la guerra de 1914, ella dirigía sus cartas a través de la embajada francesa en Madrid.

> Mi padre me explicó ayer que era necesario que me casase con el príncipe de V., con el que usted se encontró varias veces en mi casa. Le he pedido tres días para reflexionar, y, durante esos tres días, he llorado mucho…

Maigret fumaba la pipa a pequeñas bocanadas; a veces, lanzaba una ojeada al jardín, a las hojas del tilo; iba pasándole las cartas, una a una, a Janvier, cuyas reacciones espiaba.

Notaba cómo iba irritándose ante esas evocaciones que le parecían tan poco reales. ¿Acaso no miraba él, siendo niño, con un malestar similar, a la mujer de la orilla del lago, colgada en el dormitorio de sus padres? A sus ojos, era falsa poesía, un ser irreal, imposible…

Sin embargo, era allí, en un mundo que había evolucionado, que se había hecho más duro, donde había encontrado, viva, una imagen casi semejante.

> Esta tarde he mantenido una larga conversación con Hubert y le he sido completamente franca. Sabe que le amo a usted, que nos separan demasiados obstáculos, pero que me inclino ante la voluntad de mi padre…

Todavía la semana anterior, Maigret había estado trabajando en un crimen pasional, simple y brutal: un amante había matado a puñaladas al marido de la mujer a la que amaba y luego había matado a esta e intentado, por último, cortarse las venas, sin conseguirlo. Claro que aquello había pasado entre gente de clase baja del Faubourg Saint-Antoine.

Ha aceptado que nuestro matrimonio fuese un matrimonio no consumado, y yo le he prometido, por mi parte, que nunca más volvería a verle a usted. El príncipe no ignora que yo le escribo. Él le aprecia y no duda del respeto que usted siempre me ha profesado…

Había momentos en que Maigret se rebelaba, con una rebeldía casi física.

—¿Te crees todo eso, Janvier?

El inspector estaba pasmado.

—Ella parece sincera…

—¡Lee esta!

Era de tres años después.

Sé, amigo mío, que va usted a sufrir; pero, si eso puede consolarle, le diré que yo estoy sufriendo aún más que usted…

Era en 1915. Ella le anunciaba que Julien, el hermano del príncipe de V., acababa de morir en Argonne al frente de su regimiento. Ella había mantenido, una vez más, una larga conversación con su marido, que había llegado a París de permiso.

Lo que, en definitiva, anunciaba al hombre que ella amaba era que se veía obligada a acostarse con el príncipe. Claro que no empleaba esos términos. No solamente aquella carta carecía de cualquier palabra brutal o chocante, sino que el hecho mismo estaba presentado de una forma casi inmaterial.

Mientras Julien vivía, Hubert no tenía preocupación alguna, convencido de que su hermano dejaría un heredero, y así el apellido de V…

Pero ya no tenía ningún hermano. Por tanto, el deber de Hubert era asegurar la descendencia.

Pasé la noche rezando y, por la mañana, he ido a ver a mi director espiritual…

El sacerdote fue de la misma opinión del príncipe. Por una cuestión de amor, no se podía dejar que se extinguiera un apellido que, desde hacía cinco siglos, se encontraba en todas las páginas de la Historia de Francia.

He comprendido cuál era mi deber…

El sacrificio se consumó, pues, ya que nació un niño: Philippe. También ella le anunciaba ese nacimiento, con respecto al cual había una frase que hizo que Maigret se quedase pensativo.

¡A Dios gracias, es un varón!

¿No significaba aquello que, de haber sido niña, habría tenido que sacrificarse otra vez?

Y, si volvía a nacer otra niña, nuevo sacrificio…

—¿Lo has leído?

—Sí.

Se habría dicho que ambos, Maigret y Janvier, se hallaban presos de un mismo malestar. Tanto el uno como el otro estaban acostumbrados a una realidad bastante más cruda, y las pasiones a las que se encontraban expuestos terminaban en tragedia, ya que todas desembocaban en el Quai des Orfèvres.

Aquello era tan engañoso como querer agarrar la luna con la mano. Y, cuando se esforzaban por cercar a los personajes, estos permanecían tan desvaídos, tan inconsistentes como la dama del lago.

A Maigret le había faltado poco para meter todas aquellas cartas en el mueble de las cortinas verdes, refunfuñando: «¡Vaya atajo de idioteces!».

Al mismo tiempo, experimentaba cierto respeto, casi ternura. Y, como se negaba a ser un crédulo, se esforzaba por mostrarse duro.

—¿Tú te lo crees?

Más duques, príncipes, reyes destronados con quienes se encuentra en Portugal. Luego, un viaje a Kenia, en compañía del marido. Otro viaje a Estados Unidos, donde Isabelle se sintió desamparada, porque la vida era allí demasiado brutal.

… Cuanto más crece Philippe, más se parece a usted. ¿No es milagroso? ¿No se diría que el cielo quiso recompensarnos por nuestro sacrificio? Hubert también se da cuenta, y lo veo mirar al niño de una forma que…

En todo caso, Hubert ya no era admitido en el lecho conyugal y seguramente buscaba consuelo en otros. En las cartas, ya no aparecía Hubert, sino H.

El pobre H*** tiene una nueva locura y sospecho que le hace sufrir. Adelgaza a ojos vistas y cada vez se muestra más nervioso…

Encontraban en las cartas «locuras» de este tipo cada cinco o seis meses. Por su parte, Armand de Saint-Hilaire, en sus cartas, no intentaba siquiera que ella creyese en la continencia de él.

Por ejemplo, Isabelle le escribía:

Espero que las turcas sean menos ariscas de lo que dicen y, sobre todo, que los maridos no sean demasiado feroces…

Añadía:

Sea prudente, amigo mío. Todas las mañanas rezo por usted…

Cuando él estuvo en Cuba, como ministro, y luego, en Buenos Aires, como embajador, ella se preocupaba mucho por las mujeres de sangre española.

¡Son tan hermosas! Y yo, lejana y desdibujada, tiemblo ante la idea de que un día pueda enamorarse…

También se preocupaba por su salud.

¿Sus furúnculos le hacen sufrir mucho? Con este calor, eso debe de…

Conocía a Jaquette.

Escribo a Jaquette para mandarle la receta de la tarta de almendras que tanto le gusta a usted…

—¿No prometió a su marido que no volvería a ver a Saint-Hilaire…? Escucha esto… Está dirigida aquí mismo:

¡Qué dicha, inefable y dolorosa a la vez, ayer, al verle de lejos en la ópera…! Me gustan sus sienes grises y ese ligero vigor que le da una dignidad inigualable… Toda la noche me sentí orgullosa de usted…

Pero, al volver a la calle de Varenne y al mirarme en el espejo, me asusté… ¿Cómo no podría desilusionarle…? Las mujeres se ajan pronto y ya casi me he convertido en una anciana…

Se habían visto así, de lejos, numerosas veces. Incluso se citaban en algún lugar.

Mañana, alrededor de las tres, me pasearé con mi hijo en las Tullerías…

Por su parte, Saint-Hilaire pasaba por debajo de las ventanas de la casa de ella a horas fijadas de antemano.

Con respecto a su hijo, había una carta, cuando el niño tenía diez años, con una frase peculiar, que Maigret leyó en voz alta:

> Al encontrarme una vez más escribiendo, Philippe me preguntó ingenuamente: «¿Todavía escribes a tu enamorado?».

Maigret suspiró, se enjugó el sudor de la frente y ató los paquetes de cartas unos tras otros.

—Intenta contactar por teléfono con el doctor Tudelle.

Necesitaba verse en un terreno más sólido. Las cartas volvieron a su sitio en la biblioteca y se prometió no volver a tocarlas más.

—Jefe, el médico está al aparato…

—¿Doctor Tudelle…? Sí, soy Maigret… ¿Que ha terminado hace diez minutos…? No, claro que no. No le estoy pidiendo todos los detalles…

Mientras escuchaba, garrapateaba palabras y signos, que no significaban nada, en el cuaderno de notas de Saint-Hilaire.

—¿Está usted seguro de eso…? ¿Ya ha enviado las balas a Gastine-Renette…? Lo llamaré un poco más tarde… Gracias… Es preferible que mande el informe al juez de instrucción… Eso le agradará… Gracias de nuevo…

Se puso a caminar por la habitación, con las manos a la espalda; de vez en cuando se paraba para mirar el jardín, donde un mirlo poco arisco saltaba en la hierba a escasos pasos de él.

—Le dispararon la primera bala de frente —le explicó a Janvier—, casi a quemarropa. Se trata de una bala del siete sesenta y cinco, forrada con una camisa de cobre niquelado… Tudelle no tiene todavía la experiencia de Paul, pero está casi seguro de que fue disparada por una browning automática… En este punto se muestra categórico: la primera bala le causó la muerte casi instantáneamente. El cuerpo se inclinó hacia delante y se escurrió del sillón al suelo…

—¿Cómo lo sabe?

—Porque los otros disparos se hicieron de arriba abajo.

—¿Cuántos más?

—Tres: dos en el vientre y uno en el hombro. Como las automáticas contienen seis o siete cartuchos, si uno se ha deslizado en el cañón, me pregunto por qué el asesino dejó de disparar repentinamente después del cuarto tiro. A menos que se encasquillara la pistola… —Miró la alfombra, que no habían limpiado a fondo y en la que se distinguían aún el contorno de las manchas de sangre—. O bien el que lo hizo quería estar seguro de que su víctima estaba muerta, o bien se encontraba en tal estado de excitación que siguió disparando maquinalmente. Llama a Moers, ¿quieres?

Aquella mañana estaba demasiado centrado en ese aspecto extraño del caso para ocuparse él mismo de los indicios materiales, por lo que los había dejado en manos de los especialistas de la policía judicial.

—¿Moers…? Sí… ¿Dónde estás…? Desde luego… Dime primero si encontraste los cartuchos en el despacho… ¿No…? ¿Ninguno…?

Era curioso y parecía indicar que el asesino sabía que no sería importunado. Después de cuatro detonaciones ruidosas, muy ruidosas quizás, si el arma era una browning 7,65, había tenido tiempo de buscar en la habitación los cartuchos que habrían sido proyectados bastante lejos.

—¿En el picaporte de la puerta?

—Las únicas huellas, perfectamente claras, son las de la criada.

—¿En la copa?

—Las huellas del muerto.

—¿En la mesa de despacho, los muebles?

—Nada, jefe. Quiero decir ninguna huella extraña, salvo las de usted.

—¿La cerradura, las ventanas?

—Las ampliaciones fotográficas no muestran huella alguna de que forzaran la puerta.

Tal vez las cartas de Isabelle no se parecían a las de los amantes de quienes Maigret tenía que ocuparse habitualmente; pero el crimen, en sí, era muy real.

Sin embargo, dos detalles se contradecían a primera vista. El asesino siguió disparando sobre un muerto, sobre un hombre que ya no se movía y que, con la cabeza destrozada, presentaba un espectáculo bastante horrible. Maigret se acordaba del cabello blanco, aún abundante, que se pegaba al cráneo abierto; de un ojo que permanecía abierto; de un hueso que salía de la mejilla medio arrancada…

El forense afirmó que, después del primer disparo, el cadáver ya estaba en el suelo, al pie del sillón, en el lugar donde se le había encontrado.

Por tanto, el asesino, que se encontraba probablemente al otro lado de la mesa de despacho, la había rodeado para seguir disparando una vez, dos veces, tres veces, de arriba abajo, muy de cerca, a menos de cincuenta centímetros, según Tudelle.

A esa distancia, nadie necesita apuntar para dar en el blanco. Dicho de otra manera: habían disparado expresamente al pecho y al vientre

¿No indicaba eso un gesto de venganza o un inmenso odio?

—¿Estás seguro de que no hay ningún arma en el piso? ¿Lo has registrado todo?

—Hasta la chimenea —respondió Janvier.

Maigret también había buscado esa automática que había mencionado la anciana criada en términos bastante vagos, es cierto.

—Ve a preguntar al policía que está de guardia ante la puerta si la pistola que lleva es una siete sesenta y cinco.

Muchos agentes de uniforme estaban provistos de un arma de tal calibre.

—Que te la preste un momento.

Él también salió del despacho, cruzó el pasillo y empujó la puerta de la cocina, donde Jaquette Larrieu estaba sentada en una silla y se mantenía muy erguida. Con los ojos cerrados, parecía dormir. Al oír el ruido, se sobresaltó.

—¿Quiere seguirme…?

—¿Adónde?

—Al despacho. Me gustaría hacerle algunas preguntas.

—Ya le he dicho que no sé nada.

Una vez en la estancia, miró alrededor como si quisiera asegurarse de que no habían desordenado nada.

—Siéntese.

La anciana titubeaba, poco acostumbrada, sin duda, a sentarse en aquel despacho en presencia de su señor.

—En esta silla… por favor.

Ella obedeció de mala gana, mirando al comisario con más desconfianza que nunca.

Janvier volvió, con una automática en la mano.

—Dásela.

Jaquette sentía repugnancia en cogerla. Abrió la boca para hablar, pero la cerró; Maigret habría jurado que estuvo a punto de preguntar: «¿Dónde la ha encontrado?».

El arma la fascinaba. Le costaba trabajo separar los ojos de ella.

—¿Reconoce usted esta pistola?

—¿Cómo podría reconocerla? Nunca la vi de cerca y supongo que se habrán fabricado más de una de ese tipo.

—¿Es el tipo de arma que poseía el conde?

—Supongo.

—¿El tamaño?

—No lo sé.

—Cójala en la mano. ¿Pesa más o menos lo mismo?

Se negó con todas sus fuerzas a hacer aquello que le ordenaban.

—Eso no serviría de nada, puesto que nunca toqué la que estaba en el cajón.

—Puedes devolvérsela al agente, Janvier.

—¿Me necesita para algo más?

—Quédese, se lo ruego. Supongo que ignorará usted si su señor dio o prestó su pistola a alguien, a su sobrino, por ejemplo, o a alguien más…

—¿Cómo podría saberlo? Lo único que sé es que yo no la veía desde hacía mucho tiempo.

—¿El conde de Saint-Hilaire temía a los ladrones?

—Claro que no. Ni a los ladrones ni a los asesinos. La prueba está en que durante el verano dormía con la ventana abierta, a pesar de vivir en una planta baja, por lo que cualquiera podría haber entrado en su dormitorio.

—¿Guardaba algún objeto de gran valor en el piso?

—Usted y sus hombres saben mejor que yo lo que hay aquí.

—¿Cuándo entró usted a su servicio?

—Inmediatamente después de la guerra de mil novecientos catorce. El señor conde regresaba del extranjero. Su ayuda de cámara había muerto.

—¿Tenía usted, por tanto, unos veinte años?

—Veintiocho.

—¿Cuánto tiempo hacía que estaba usted en París?

—Algunos meses. Antes, vivía con mi padre en Normandía. Una vez se murió mi padre, me vi obligada a trabajar.

—¿Tuvo usted alguna relación?

—¿Cómo?

—Le pregunto si tuvo usted pretendientes, o novios…

La anciana lo miró con resentimiento.

—Nada de lo que usted está pensando.

—Así pues, ¿vivió usted sola con el conde de Saint-Hilaire en este piso?

—¿Hay algo malo en ello?

Maigret no seguía necesariamente ningún orden lógico, porque nada le parecía lógico en aquel caso, y pasaba de un tema a otro como si estuviera buscando el punto sensible. Janvier, que había vuelto al despacho, se sentó junto a la puerta. Cuando encendió un cigarrillo y dejó caer la cerilla al suelo, la anciana, a quien no se le escapaba nada, le llamó la atención.

—Podría servirse de un cenicero.

—A propósito, ¿su señor fumaba?

—Fumó durante muchos años.

—¿Cigarrillos?

—Puros.

—¿No fumaba en estos últimos tiempos?

—No, debido a su bronquitis crónica.

—Sin embargo, parecía gozar de una salud excelente.

El doctor Tudelle le había dicho por teléfono a Maigret que Saint-Hilaire debía de haber disfrutado de una salud excepcional.

«Un esqueleto sólido, un corazón en perfecto estado, sin trazas de esclerosis…».

Pero algunos órganos estaban demasiado dañados por las balas y no permitían un diagnóstico completo.

—Cuando usted entró a su servicio, era casi un muchacho.

—Tenía tres años más que yo.

—¿Sabía usted que estaba enamorado?

—Yo llevaba sus cartas al correo.

—¿No estaba usted celosa?

—¿Por qué debería haber estado celosa?

—¿Alguna vio en esta casa a la persona a quien él escribía todos los días?

—Ella nunca vino aquí.

—Pero ¿usted la vio en algún momento?

La anciana calló.

—Responda. Cuando el caso pase a los tribunales, le harán preguntas más molestas y se verá obligada a responder.

—No sé nada.

—Le he preguntado si alguna vez vio a esa persona.

—Sí. Pasaba por la calle. También tuve ocasión de llevarle personalmente algunas cartas.

—¿A escondidas?

—No. Preguntaba por ella y me pasaban a su cuarto.

—¿Hablaba con usted?

—A veces me hacía preguntas.

—¿Se refiere usted a hace cuarenta años atrás?

—A esa época y a otras más recientemente.

—¿Qué clase de preguntas?

—Sobre todo respecto a la salud del señor conde.

—¿Y sobre las personas a quienes él recibía en su casa?

—No.

—¿Acompañó usted a su señor en el extranjero?

—¡A todas partes!

—Como ministro, primero, y como embajador después, se veía obligado a llevar un alto tren de vida. ¿Cuál era su verdadero papel?

—Ocuparme de él.

—Quiere decir usted que no poseía el mismo rango que los otros criados, que no debía ocuparse de la cocina, ni de la limpieza, ni de las recepciones, ¿verdad?

—Yo supervisaba.

—¿Cuál era su cargo…? ¿Ama de llaves?

—No tenía cargo.

—¿Tuvo usted amantes?

Se puso tensa, con la mirada cargada de un intenso desprecio.

—¿Era usted su amante?

Por unos instantes, Maigret temió que se abalanzase sobre él y le arañara con las uñas.

—Por su correspondencia, sé que el conde tuvo aventuras —continuó él.

—Estaba en su derecho, ¿no?

—¿Se sentía usted celosa por ello?

—En alguna ocasión, me vi obligada a echar a algunas mujeres, porque no estaban hechas para él y le habrían causado serios disgustos.

—Es decir, que usted se ocupaba de su vida privada.

—Él era demasiado bueno, incluso demasiado ingenuo…

—No obstante, cumplía con distinción su delicado papel de embajador.

—No es lo mismo.

—¿Nunca lo abandonó usted?

—¿Habla de eso en sus cartas?

Ahora le tocó a Maigret no contestar, sino insistir.

—¿Cuánto tiempo estuvo usted separada de él?

—Cinco meses.

—¿En qué época?

—Cuando era ministro en Cuba.

—¿Por qué?

—Debido a una mujer que le exigió que me despidiera.

—¿Qué clase de mujer?

Silencio.

—¿Por qué no podía soportarla ella…? ¿Vivía con él?

—Iba a verlo todos los días y pasaba con frecuencia las noches en la legación.

—¿Adónde fue usted?

—Alquilé un pisito cerca del Prado.

—¿La visitaba allí su señor?

—No se atrevía. Se contentaba con telefonearme para decirme que tuviera paciencia. Sabía que aquello duraría poco. Sin embargo, compré un billete para regresar a Europa.

—Pero no se marchó.

—Fue a buscarme la víspera de la partida.

—¿Conoce usted al príncipe Philippe?

—Si ha leído usted las cartas, no necesita preguntármelo. Después de muerta una persona, no debería estar permitido meter las narices en su correspondencia.

—No me ha contestado usted.

—Lo veía cuando era joven.

—¿Dónde?

—En la calle de Varenne. Estaba a menudo con su madre.

—¿No se le ha ocurrido a usted telefonear esta mañana a la princesa antes de ir al Quai d'Orsay?

Ella lo miró a los ojos sin pestañear.

—¿Por qué no lo ha hecho usted, ya que, según sus propias palabras, durante muchos años fue usted el principal vínculo entre ambos?

—Porque es el día de los funerales.

—¿Y después, esta mañana, durante nuestra ausencia, no ha intentado ponerla al corriente de lo sucedido?

Miró el teléfono.

—Siempre había alguien en el despacho.

Llamaron a la puerta. Era el agente de guardia en la acera.

—No sé si esto le interesará. Pero he creído mi deber traerle el periódico.

Era uno de la tarde, que debía de haber aparecido una hora antes. Un título con caracteres bastante grandes, a dos columnas, en la parte baja de la primera página, anunciaba: MUERTE MISTERIOSA DE UN EMBAJADOR.

El texto era breve:

> Esta mañana se ha descubierto, en su domicilio de la calle Saint-Dominique, el cadáver del conde Armand de Saint-Hilaire, que durante mucho tiempo fue embajador de Francia en diversas capitales, entre otras Roma, Londres y Washington.
>
> Al retirarse, después de unos cuantos años, Armand de Saint-Hilaire publicó dos volúmenes de *Memorias*, y se hallaba corrigiendo las pruebas de un tercer tomo cuando, al parecer, lo asesinaron.
>
> Ha sido una anciana criada quien ha descubierto el crimen temprano por la mañana.
>
> Aún no se sabe si el móvil fue el robo o si las causas son otras.

Alargó el periódico a Jaquette y miró el teléfono, dudando. Se preguntaba si en la calle de Varenne habrían leído ya el periódico o si alguien habría anunciado la noticia a Isabelle.

En ese caso, ¿cuál habría sido su reacción? ¿Se atrevería a acudir ella misma? ¿Enviaría a su hijo para que se informase? ¿Se contentaría con esperar, en el silencio de su mansión, donde, en señal de duelo, seguramente estarían cerrados los postigos de las ventanas?

¿No debería Maigret…?

Se puso en pie, descontento de sí, descontento de todo, fue a colocarse frente al jardín y se puso a golpear la pipa en el tacón de su zapato con la intención de vaciarla, para gran indignación de Jaquette.

4

La anciana, menuda y erguida en su silla, escuchaba con espanto la voz del comisario, una voz que poseía cadencias que ella aún no conocía. Claro es que no era a ella a quien Maigret se dirigía, sino a un personaje invisible, situado al otro extremo de la línea telefónica.

—No, señor Cromières, no he enviado ningún comunicado a la prensa ni he invitado a periodistas ni fotógrafos como lo hacen a menudo los señores ministros. En cuanto a su segunda pregunta, no tengo nada nuevo que comunicarle, y tampoco ninguna idea, como dice usted, y, si averiguo algo, redactaré inmediatamente un informe para el juez de instrucción…

Sorprendió una mirada furtiva de Jaquette en dirección a Janvier. Parecía tomar a este como testigo de la ira mal contenida del comisario, y en sus labios se dibujó una leve sonrisa, como si le quisiera decir al inspector: «Vaya con su jefe…».

Maigret arrastró a su compañero al pasillo.

—Voy a casa del notario. Sigue haciéndole preguntas, sin presionarla demasiado, amablemente, ya me entiendes… Tal vez tengas más suerte que yo en seducirla.

Era verdad. Si aquella mañana hubiese previsto que tendría que habérselas con una anciana testaruda, habría ido acompañado por Lapointe en lugar de por Janvier; porque, de toda la policía judicial, Lapointe era quien más éxito tenía con las mujeres de cierta edad. Una de ellas incluso le había dicho en una ocasión, negando con la cabeza:

—Me pregunto cómo un joven tan bien educado como usted puede hacer este tipo de trabajo… —Y había añadido—: Estoy segura de que sufre usted mucho.

El comisario se encontró en la calle, donde los periodistas habían dejado de guardia a uno de los suyos, mientras que los demás se habían ido a tomar algo a una taberna de los alrededores.

—Nada nuevo, amigo… No vale la pena que me siga…

No iba lejos. En aquel caso todo se encontraba cerca. Uno habría dicho que, para todos aquellos que se hallaban implicados más o menos en aquel asunto, París se reducía a unas cuantas calles aristocráticas.

La casa del notario, calle de Villersexel, era de la misma época y de igual estilo que la de la calle Saint-Dominique, también con puerta cochera, una amplia escalera con alfombra roja y un ascensor que debía de elevarse suavemente, en silencio. No tuvo que tomarlo, porque el despacho se hallaba en el primer piso. Los botones de cobre de la doble puerta estaban relucientes, como la placa que invitaba a los visitantes a entrar sin llamar.

—Como me encuentre con otro anciano…

Se sorprendió agradablemente al ver, entre los empleados, a una preciosa mujer de unos treinta años.

—Querría ver al abogado Aubonnet, por favor.

Sí, el despacho era un poco demasiado pomposo, algo solemne; pero no le hicieron esperar y le introdujeron casi inmediatamente en una amplia estancia, donde un hombre de apenas cuarenta y cinco años se puso en pie para recibirle.

—Soy el comisario Maigret... El motivo que me trae aquí es uno de sus clientes, el conde de Saint-Hilaire...

Y su interlocutor, lo interrumpió, sonriendo:

—Perdóneme; en ese caso, no es a mí a quien tiene que ver, sino a mi padre. Voy a ver si está libre en estos momentos...

El señor Aubonnet hijo pasó a otra habitación, donde permaneció cierto tiempo.

—Por aquí, señor Maigret, haga el favor...

Desde luego, esta vez el comisario Maigret se encontró en presencia de un verdadero anciano que no parecía disfrutar de mucha salud. Aubonnet padre se hallaba sentado, parpadeando, hundido en un sillón de respaldo alto y tenía la expresión algo aturdida de un hombre a quien acaban de arrancar de su siesta.

—Hable bastante alto... —le recomendó el hijo, al retirarse.

El abogado Aubonnet debió de haber sido un hombre bastante grueso. Había conservado cierta corpulencia, pero sus carnes eran fofas, con arrugas por todas partes. Un pie estaba calzado con zapato; el otro, con el tobillo hinchado, lo tenía dentro de una zapatilla de fieltro.

—Supongo que viene usted a hablarme de mi pobre amigo...

La boca también era fofa, y las sílabas que salían por ella

formaban una especie de puches. Por el contrario, no había necesidad de hacerle preguntas para dar salida a su charlatanería.

—Figúrese usted que Saint-Hilaire y yo nos conocimos en el Stanislas… ¿Cuántos años hace de eso…? Espere… Tengo setenta y siete… Hace, pues, sesenta años que estuvimos juntos en Retórica… Él estudiaba para diplomático… Mi sueño era entrar en la Escuela Militar de Saumur… En aquella época aún había caballos… Los caballeros no estaban motorizados… ¿Sabe usted que nunca en la vida tuve ocasión de hacerme con un caballo…? Y todo porque era hijo único y debía seguir la carrera de mi padre…

Maigret no le preguntó si ese padre vivía ya en aquella misma casa.

—Saint-Hilaire, desde el colegio, era un *bon vivant;* pero un *bon vivant* de una especie bastante rara, refinado todo él…

—Supongo que ha dejado hecho el testamento…

—Su sobrino, el pequeño Mazeron, me lo ha preguntado hace un momento. Lo he tranquilizado…

—¿Es él quien hereda todos los bienes?

—No todos los bienes, no. Conozco el testamento de memoria, puesto que se redactó en mi presencia.

—¿Hace mucho tiempo?

—El último data de hace unos diez años.

—¿Los testamentos anteriores eran diferentes?

—Solamente en ciertos detalles. No he podido enseñárselo en el acto al sobrino, ya que todos los interesados han de estar presentes.

—¿Quiénes son?

—*Grosso modo,* Alain Mazeron hereda el inmueble de la calle Saint-Dominique y, en general, la fortuna, que no es nada sustanciosa. Jaquette Larrieu, el ama de llaves, recibe una renta vitalicia que le permitirá terminar sus días cómodamente. En cuanto a los muebles, cacharros, cuadros, objetos personales, Saint-Hilaire los lega a una antigua amiga...

—Isabelle de V.

—Veo que está usted al corriente.

—¿La conoce usted?

—Bastante bien. Conozco sobre todo al marido, que era cliente mío.

¿No resultaba sorprendente que los dos hombres hubiesen elegido el mismo notario?

—¿No temían encontrarse en su despacho?

—Eso nunca sucedió. Probablemente, ni siquiera pensaron en ello, y me pregunto si les habría molestado de haber ocurrido. Escuche, ambos estaban hechos, si no para ser amigos, al menos para apreciarse, porque los dos eran hombres de honor y, sobre todo, hombres de gusto...

¡Hasta las palabras parecían surgir del pasado! En efecto, hacía mucho tiempo que Maigret no había oído la expresión «hombres de honor».

El anciano notario, en su sillón, reía en silencio ante un pensamiento fugaz.

—Hombres de gusto, sí —repitió, malicioso—. Podría añadirse que, en ciertos ámbitos, tenían gustos idénticos... Ahora que han muerto, no creo que traicione el secreto profesional al contarle eso, puesto que usted también tiene a gala la discreción... Un notario casi siempre es un confidente... Saint-Hilaire era, además, un antiguo amigo que venía a contarme sus calaveradas… Durante cerca de un año, el príncipe y él tuvieron la misma amante, una preciosa muchacha de pecho opulento que aparecía no sé ya en qué revista de los Bulevares… Ambos lo ignoraban… A cada cual le reservaba un día…

El anciano miraba a Maigret con ojillos pícaros.

—Esa gente sabe vivir… Desde hace varios años apenas me ocupo del bufete; se encarga mi primogénito… Sin embargo, bajo todos los días a mi despacho y sigo asistiendo a mis antiguos clientes…

—¿Saint-Hilaire tenía amigos?

—De sus amigos ha sido lo mismo que de mis clientes, de quienes ya les he hablado. A nuestra edad, se ve a las personas morir una tras otra. Creo que, en definitiva, fui el último a quien visitó. Conservaba buenas piernas y todos los días daba un paseo. Algunas veces subía a verme, se sentaba donde usted está ahora…

—¿De qué hablaban?

—De tiempos pasados, claro está, sobre todo de aquellos a quienes conocimos en el Stanislas. Yo podría aún citarle la mayoría de los apellidos. Es asombroso cuántos hicieron grandes carreras. Uno de nuestros compañeros, que no era el más inteligente, ha sido yo no sé cuántas veces presidente del Consejo, y murió el año pasado. Otro, forma parte de la academia a título militar…

—¿Saint-Hilaire se había hecho enemigos?

—¿Cómo podría haberse hecho enemigos? En el plano profesional, no pasó por encima de nadie, al contrario de lo que es tan corriente y frecuente hoy día. Consiguió sus puestos esperando pacientemente su turno. Y en sus *Memorias* no se ha dedicado a ajustar cuentas pendientes, lo que explica por qué las han leído tan poca gente…

—¿Y en cuanto a los V.?

El notario lo miró sorprendido.

—Ya le he hablado del príncipe. Él estaba al corriente de lo que sucedía, desde luego, y sabía que Saint-Hilaire mantendría su palabra. Si no hubiese sido por las normas que regían la alta sociedad, estoy convencido de que Armand habría sido recibido en la calle de Varenne e incluso, tal vez, lo habrían invitado a cenar.

—¿El hijo también estaba al corriente?

—Claro que sí.

—¿Qué clase de hombre es?

—No creo que tenga la talla de su padre. Es verdad que no lo conozco tanto. Parece más retraído, lo que se explica por la dificultad de llevar, en nuestra época, un apellido tan insigne como el suyo. No le interesa la vida mundana. Se le ve poco por París. Se pasa la mayor parte del año en Normandía, con su mujer y sus hijos, dedicado a sus granjas, sus caballos…

—¿Lo ha visto usted recientemente?

—Lo veré mañana, así como a su madre, para la apertura del testamento; de forma que tendré que ocuparme, probablemente, de dos sucesiones el mismo día.

—¿La princesa no lo ha llamado esta tarde?

—Aún no. Si lee el periódico, o si alguien se encarga de darle la noticia, contactará conmigo sin duda. Sigo sin comprender por qué han asesinado a mi viejo amigo. Si hubiese ocurrido en otra casa que no fuese la suya, habría jurado que se habían equivocado de persona.

—Me imagino que Jaquette Larrieu fue amante del conde.

—No es esa la palabra adecuada. Saint-Hilaire nunca me habló de ello, pero yo lo conocía bien. También conozco a Jaquette desde que era una muchacha, y puedo decirle que era muy bonita. Y raramente Armand dejaba pasar a una muchacha bonita por su lado sin intentar seducirla. Pero se comportaba sobre todo como un esteta, no sé si me entiende usted... Hubo ocasiones en que al ayudarle la suerte...

—¿Jaquette no tiene familia?

—No le he conocido ninguna. Si tuvo hermanos, apostaría a que murieron hace mucho tiempo.

—Muchas gracias.

—Supongo que tendrá usted prisa. Sepa, en todo caso, que siempre estoy a su disposición. Tiene aspecto de hombre honrado, usted también, y espero que atrape al canalla que ha hecho esto.

Maigret seguía con la sensación de estar sumergido en un pasado revuelto, en un mundo como evaporado. Era asombroso encontrarse en la calle, en el París vivo, a mujeres que hacían la compra en pantalón, bares con muebles niquelados, coches trepidantes ante un semáforo en rojo.

Se dirigió a la calle Jacob en vano, porque en la puerta de la tienda, cuyos postigos estaban bajados, encontró una tarjeta encuadrada en negro que anunciaba: «CERRADO POR DEFUNCIÓN».

Apretó varias veces el timbre sin obtener respuesta y cruzó la acera para mirar las ventanas del primer piso. Estaban abiertas, pero no se oía ningún ruido. Una mujer, de cabello color de cobre y de senos abundantes y fofos, surgió de la sombra de una galería de cuadros.

—Si busca usted al señor Mazeron, no está en su casa. Lo he visto salir hacia el mediodía, tras cerrar los postigos…

La mujer ignoraba dónde estaba Mazeron.

—Es un hombre poco hablador…

Maigret iría a ver a Isabelle de V., claro está; pero le impresionaba esa visita y prefería dejarla para más adelante: deseaba saber más de ella.

Raramente se había encontrado tan desconcertado ante seres humanos. ¿Acaso un psiquiatra, un maestro o un novelista, según la nomenclatura del *Lancet,* habrían comprendido mejor la naturaleza de personajes surgidos de otro siglo?

Solo una cosa era cierta: el conde Armand de Saint-Hilaire, dulce e inofensivo anciano y hombre de honor, por utilizar la frase del notario, había sido asesinado en su casa por alguien de quien no desconfiaba…

El crimen licencioso y accidental, y el crimen anónimo y estúpido, estaban excluidos: primero, porque no había desaparecido nada; segundo, porque el antiguo embajador se hallaba tranquilamente sentado a su mesa de despacho cuando la primera bala, disparada de cerca, le alcanzó en la cara.

O bien él abrió la puerta a su visitante, o este poseía una llave del piso, aunque Jaquette afirmaba que no existían más que dos llaves: la del conde y la suya.

Maigret, barajando ideas bastante confusas, entró en un bar, pidió una cerveza y se encerró en la cabina telefónica.

—¿Eres tú, Moers…? ¿Tienes delante el inventario…? Mira a ver si se menciona una llave… Sí, la de la puerta de la calle… ¿Cómo…? ¿Sí…? ¿Dónde la han encontrado…? ¿En el bolsillo del pantalón…? Gracias… ¿Algo nuevo…? No… Volveré al Quai mucho más tarde… Si tienes algo que comunicarme, sea lo que sea, llama a Janvier, que se ha quedado en la calle Saint-Dominique…

Habían encontrado, en el bolsillo del muerto, una de las llaves, y Jaquette tenía la suya también, puesto que se había servido de ella para abrir la puerta aquella mañana, cuando Maigret y el hombre del Ministerio de Asuntos Exteriores la siguieron a la planta baja.

No se mata sin móvil. ¿Qué quedaba, una vez excluido el robo? ¿Un crimen pasional entre ancianos? ¿Un conflicto de intereses…?

Jaquette Larrieu recibía una renta vitalicia más que suficiente, según afirmó el notario.

Por su parte, el sobrino heredaba el inmueble y la casi totalidad de la fortuna.

En cuanto a Isabelle, era difícil imaginar que, apenas muerto su marido, se le hubiese ocurrido la idea de…

¡No! Ninguna explicación era satisfactoria, y el Quai d'Orsay, por su parte, descartaba categóricamente todo móvil político.

—¡Calle de la Pompe! —gritó Maigret al taxista.

—Entendido, señor comisario.

Hacía mucho tiempo ya que no le halagaba que lo reconocieran. La portera lo envió al quinto piso, donde una mujer baja, morena, bastante bonita entreabrió la puerta antes de introducir a Maigret en un piso repleto de luz…

—Perdone el desorden… Estaba confeccionando un vestido para mi hija…

Llevaba pantalones ajustados, de seda negra, que modelaban una grupa redondeada.

—Imagino que ha venido usted con motivo del crimen y me pregunto qué espera usted de mí.

—¿Sus hijas no están aquí?

—La mayor está en Inglaterra, para aprender el idioma. Vive con una familia haciendo de niñera, y la pequeña está trabajando. Es para ella este…

Y le señaló, sobre la mesa, una tela ligera y vistosa con la que estaba confeccionando un vestido.

—Supongo que habrá visto a mi marido.

—Sí.

—¿Cómo reaccionó?

—¿Hace mucho que no lo ve?

—Casi tres años.

—¿Y al conde de Saint-Hilaire?

—La última vez que vino aquí fue un poco antes de Navidad. Traía regalos para mis hijas. Siempre venía con regalos por esa fecha. Incluso cuando estaba en el extranjero y ellas eran unas niñas, no se olvidaba del día de Navidad, y les enviaba algunas cosillas. Por eso, tienen muñecas de todos los países. Puede usted verlas en su habitación.

La mujer no contaría más de cuarenta años y seguía siendo muy atractiva.

—¿Es cierto lo que escriben los periódicos? ¿Fue asesinado?

—Hábleme de su marido.

Inmediatamente su expresión se volvió más fría.

—¿Qué quiere que le diga?

—¿Se casó usted por amor? Si no me equivoco, es mucho mayor que usted.

—Diez años solamente. Nunca ha parecido joven.

—¿Lo quería usted?

—No lo sé. Yo vivía sola con mi padre, que era un hombre amargado. Se consideraba un gran pintor al que se ha ignorado y sufría por ganarse la vida como restaurador de cuadros. Por mi parte, yo trabajaba en una tienda de los Grandes Bulevares. Me encontré con Alain… ¿Quiere usted beber algo?

—No, gracias. Acabo de tomarme una cerveza. Continúe.

—Puede ser que me atrajera su aspecto misterioso. No era como los otros hombres, hablaba poco y lo que decía era siempre interesante. Nos casamos e inmediatamente tuvimos una hija…

—¿Vivía usted en la calle Jacob?

—Sí. A mí también me gustaba esa calle, así como nuestro piso. En aquella época, el conde de Saint-Hilaire, si no me equivoco, era aún embajador en Washington. Durante un permiso vino a vernos; luego, nos recibió en la calle Saint-Dominique. El conde me impresionó mucho.

—¿Cuáles eran exactamente las relaciones del conde con su marido?

—No sé qué decirle. Era un hombre que se mostraba amable con todo el mundo. Parecía sorprendido de que yo fuese la mujer de su sobrino.

—¿Por qué?

—Hasta mucho después no llegué a comprenderlo, y aún no estoy segura. El conde debía de conocer a Alain mejor de lo que yo creía: en todo caso, mejor que yo en aquella época…

—Se interrumpió, como preocupada por lo que acababa de

decir—. No quisiera causarle la impresión de que hablo así movida por el rencor, debido a que mi marido y yo estamos ahora separados. Además, fui yo quien me marché.

—¿Él intentó detenerla?

En aquel piso los muebles eran modernos; las paredes, claras, y se entreveía una cocina blanca y ordenada. De la calle llegaban ruidos familiares, mientras que no muy lejos se divisaba el verdor del Bois de Boulogne.

—Imagino que no sospechará usted de Alain.

—Si le soy sincero, todavía no sospecho de nadie; pero, *a priori*, no descarto ninguna hipótesis.

—Estoy segura de que se equivocaría si sospechase usted de Alain. En mi opinión, Alain es un hombre infeliz que nunca pudo adaptarse y que nunca podrá. ¿No es sorprendente que yo abandonase a mi padre porque era un hombre amargado, para casarme luego con un hombre más amargado que él? Me di cuenta de ello al cabo del tiempo. De hecho, nunca lo he visto realmente feliz, y tampoco recuerdo haberlo visto sonreír…

»Se preocupaba por todo: por su salud, por su negocio, por lo que la gente pensase de él, por la mirada que le dirigían sus clientes o sus vecinos…

»Cree que todo el mundo le odia…

»Es difícil de explicar, pero no se burle usted de lo que voy a contarle. Cuando vivía con él, tenía la sensación de oírlo pensar desde por la mañana hasta por la noche, un pensamiento enervante, como el tictac de un despertador. Iba y venía en silencio; de pronto, me miraba como si sus ojos estuviesen vueltos hacia el interior, donde me era imposible saber lo que pasaba. ¿Sigue estando tan pálido?

—Está pálido, sí.

—Ya lo estaba cuando lo conocí, y conservaba esa palidez incluso estando en el campo, a la orilla del mar… Una palidez como artificial…

»Y nada de él salía al exterior… Era imposible establecer cualquier contacto con él… Durante años hemos dormido en la misma cama, y me sucedía a veces que, al despertarme, lo miraba como si fuese un desconocido…

»Y era cruel…

Intentó rectificar:

—Probablemente estoy exagerando. Se creía justo, quería a toda costa ser justo. Era una obsesión en él. Era justo en menudencias, y eso es lo que me ha hecho hablar de crueldad. Me di cuenta, sobre todo, cuando tuvimos a las niñas. Las miraba igual que a mí y que a los demás, con una lucidez fría. Si hacían cualquier travesura, yo intentaba defenderlas: «A su edad, Alain…». «No hay razón alguna para que se acostumbren a mentir».

»Era una de sus palabras favoritas: "¡Mentir!". ¡Pequeños embustes! ¡Pequeñas cobardías…!

»Llevaba esta intransigencia a los pequeños detalles de la vida diaria. "¿Por qué has comprado pescado?".

»Yo trataba de explicarle que… "Te dije ternera". "Cuando fui a hacer la compra…". Y repetía, obstinado: "Te dije ternera y no tenías por qué comprar pescado". —Se interrumpió de nuevo—. ¿No estoy hablando demasiado…? ¿No estoy diciendo tonterías?

—Siga usted.

—He terminado. Después de muchos años comprendí lo que los americanos entienden por crueldad mental y por qué hay tantos divorcios. Hay maestros o maestras que, sin necesidad de alzar la voz, consiguen crear en sus clases un clima de terror.

»Mis hijas y yo sentíamos que nos ahogábamos con Alain; además, no teníamos siquiera el consuelo de verlo salir hacia la oficina, pues estaba en la planta baja, bajo nuestros pies, desde la mañana hasta la noche, y subía diez veces al día para vigilar nuestros actos y nuestros gestos con mirada glacial.

»Tenía que darle cuenta de cada franco que me gastaba. Y, cuando yo salía, exigía conocer mi itinerario, luego me preguntaba sobre las personas con quienes había hablado, sobre qué había dicho yo y qué me habían respondido...

—¿Le engañó usted?

Ella no se indignó. A Maigret, incluso le pareció que estuvo tentada de sonreír con cierta satisfacción, hasta con cierta avidez, pero que finalmente se había contenido.

—¿Por qué me lo pregunta...? ¿Le han hablado de mí?

—No.

—Mientras viví con él, no hice nada que pudiera reprocharme.

—¿Por qué decidió marcharse?

—Ya estaba harta. Me ahogaba, ya se lo he dicho, y quería que mis hijas creciesen en un ambiente más respirable.

—¿No tenía usted razones más personales para recobrar su libertad?

—Tal vez.

—¿Lo saben sus hijas?

—No les he ocultado que tengo un amigo, y lo aprueban.

—¿Vive con usted?

—Voy a verlo a su casa. Es viudo, de mi edad, y, al igual que yo, tampoco fue feliz con su mujer; por lo que parece que intentamos recomponer nuestras vidas.

—¿Vive en el barrio?

—En este mismo edificio, dos pisos más abajo. Es médico. Verá usted su placa en la puerta. Si un día Alain acepta divorciarse, pensamos casarnos; pero dudo de que mi marido me conceda el divorcio. Es muy católico, por tradición más que por convicción.

—¿Su marido se gana bien la vida?

—Con altibajos. Cuando lo dejé, convenimos en que me pasaría una pequeña pensión para las niñas. Cumplió su palabra durante algunos meses. Luego se retrasó con los pagos. Y, por último, dejó de darme nada con el pretexto de que ya eran mayores para ganarse la vida. Pero eso no significa que sea un asesino, ¿verdad?

—¿Estaba usted al corriente de la relación que mantenía su tío?

—¿Se refiere usted a Isabelle?

—¿Sabía usted que el príncipe de V. murió el domingo por la mañana y que lo han enterrado hoy?

—Lo he leído en el periódico.

—¿Cree usted que si Saint-Hilaire hubiese vivido se habría casado con la princesa?

—Es probable. El conde pasó toda su vida con la esperanza de estar juntos algún día. Me enternecía cuando lo oía hablar de ella como de un ser especial, de una criatura casi sobrenatural, siendo un hombre que apreciaba los placeres de la existencia, a veces incluso demasiado…

Esta vez ella sonrió abiertamente.

—Un día que fui a verlo, hace ya mucho tiempo, no recuerdo para qué, me costó un gran trabajo escapar de sus brazos. Y no se mostró incómodo. A sus ojos, aquello era completamente natural…

—¿Lo supo su marido?

Ella se encogió de hombros.

—Claro que no.

—¿Era celoso?

—A su manera. Nosotros teníamos pocas relaciones, si comprende lo que quiero decir, y siempre se mostraba frío, casi mecánico. Lo que él habría condenado más no es que yo me hubiera sentido atraída por otro hombre, sino que cometiese una falta, un pecado, una traición, un acto que él consideraba sucio. Perdóneme si he hablado demasiado, y no quisiera haberle abrumado con mis palabras, porque no es esa mi intención. Habrá visto usted que no intento parecer mejor de lo que soy. No me queda mucho tiempo para sentirme mujer y aprovecho ese tiempo…

Tenía la boca carnosa, los ojos brillantes. Desde hacía unos instantes cruzaba y descruzaba las piernas.

—¿De verdad no quiere beber nada?

—Se lo agradezco, pero debo irme ya.

—Supongo que todo esto quedará entre nosotros, ¿verdad?

Maigret le sonrió y se dirigió hacia la puerta, donde la mujer le tendió una mano gordezuela y cálida.

—Seguiré confeccionando el vestido de mi hija —murmuró como a disgusto.

Así pues, Maigret acababa de salir, al menos por un momento, del círculo de los ancianos. Al abandonar el piso de la calle de la Pompe, se reencontró con la calle, sus ruidos y sus olores, pero esta vez sin que le sorprendieran.

Enseguida paró un taxi, que lo condujo a la calle Saint-Dominique. Antes de entrar en el inmueble, fue a tomarse la cerveza que había rechazado en casa de la señora Mazeron y, una vez junto al mostrador, charló un rato con los chóferes de los ministerios y de las casas aristocráticas.

El periodista había permanecido en su puesto.

—Ya ha visto usted que no lo he seguido. ¿Puede decirme a quién ha ido a ver?

—Al notario.

—¿Le ha dicho algo nuevo?

—Nada.

—¿Sigue sin tener ninguna pista?

—Ninguna.

—¿Están seguros de que no se trata de un asunto político?

—Eso parece.

El agente uniformado también estaba allí. Maigret llamó a la puerta situada junto al ascensor. Janvier le abrió en mangas de camisa. Jaquette no estaba en el despacho.

—¿Qué has hecho con ella…? ¿La has dejado salir?

—No; lo ha intentado después de la llamada telefónica, alegando que no quedaba alimento alguno en la casa.

—¿Dónde está?

—En su habitación.

—¿A qué llamada telefónica te refieres?

—Media hora después de marcharse usted, ha sonado el teléfono y lo he cogido. He oído una voz de mujer, muy débil, al otro extremo del hilo. «¿Quién está al aparato?», ha preguntado.

»En lugar de responder, he preguntado a mi vez: "¿Quién llama?". "Quisiera hablar con la señorita Larrieu". "¿De parte de quién?".

»Ha habido un silencio, y después: "De la princesa de V.".

»Mientras tanto, la Jaquette me miraba como si supiera de qué se trataba. "Se la paso al teléfono".

»Le he tendido el aparato y ella ha dicho inmediatamente: "Soy yo, señora… Sí… Habría querido ir ahí, pero estos señores no me permiten salir… El piso está lleno de gente, y han traído toda clase de aparatos… Se han pasado las horas haciéndome preguntas y, todavía ahora, me está escuchando un inspector…".

Janvier añadió:

—Tenía aspecto de desafiarme. Luego se ha limitado sobre todo a escuchar. «Sí, sí, señora… Sí, comprendo… No lo sé… No… Sí… Lo intentaré… Me gustaría mucho, a mí también… Gracias, señora…».

—¿Qué te ha dicho a continuación?

—Nada. Ha vuelto a sentarse en su silla. Tras un cuarto de hora de silencio, ha murmurado de mala gana: «Supongo que no me dejará usted salir… aunque no haya nada que comer en la casa y tenga que pasarme el día en ayunas, ¿verdad?». «De eso se ocuparán enseguida». «En ese caso, no sé por qué tenemos que estar el uno enfrente del otro, mirándonos. Preferiría ir a tumbarme un rato. ¿Me lo permite?».

»Desde entonces está en su cuarto, con la llave de la puerta echada.

—¿Ha venido alguien?

—No. Llamadas telefónicas: de una agencia de prensa americana, de los periódicos de provincias…

—¿No le has podido sacar nada a Jaquette?

—Le he hecho preguntas tan inocentes como me ha sido posible, con ánimos de infundirle confianza. Se ha limitado con declarar en tono socarrón: «Jovencito, más sabe el zorro por viejo que por zorro. Si su jefe se ha imaginado que iba a hacerle confidencias…».

—¿No han llamado del Quai?

—No. Solamente el juez de instrucción.

—¿Deseaba verme?

—Quiere que lo llame usted en cuanto tenga noticias. Alain Mazeron fue a verlo.

—¿Por qué no me lo has dicho antes?

—Lo guardaba para el final. El sobrino fue a verlo para quejarse de que usted haya leído, sin su autorización, la correspondencia particular y privada de Saint-Hilaire. Exige, como ejecutor testamentario, que se sellen las puertas del piso hasta que tenga lugar la lectura del testamento.

—¿Qué le respondió el juez?

—Que se dirigiera a usted.

—¿Y Mazeron no ha venido?

—No. Tal vez esté de camino, porque no hace mucho tiempo que recibí esta comunicación. ¿Cree usted que vendrá?

Maigret dudó, terminó por atraer hacia él una guía telefónica donde encontró lo que buscaba; después, de pie, con aspecto serio, disgustado, marcó un número.

—¿Hola? ¿El palacio de V.? Quisiera hablar con la princesa de V. De parte del comisario Maigret, de la policía judicial… Espero, sí…

Había en el despacho como un silencio distinto del habitual, y Janvier miraba a su jefe conteniendo la respiración. Pasaron varios minutos.

—No, sigo al aparato… Gracias… ¿Hola?… Soy el comisario Maigret, sí, *señora*…

No era la voz que Maigret ponía todos los días y experimentaba una curiosa emoción, la misma emoción que, cuando niño, se dirigía a la condesa de Saint-Fiacre.

—Creí que tal vez desearía que yo contactase con usted, aunque solo fuera para darle algunos detalles… Sí… Sí… Cuando usted quiera… Me presentaré, pues, en la calle de Varenne dentro de una hora…

Los dos hombres se miraron en silencio. Maigret soltó un suspiro.

—Es preferible que te quedes aquí —dijo por fin—. Llama a Lucas para que te mande a alguien, preferentemente a Lapointe. La anciana podrá salir cuando desee, y uno de vosotros dos la seguirá.

Tenía una hora por delante. Para no impacientarse, sacó un paquete de cartas de la biblioteca de las cortinas verdes.

Ayer, en Longchamp, lo vi a usted, con chaqué, y ya sabe usted cuánto me gusta así vestido. Llevaba usted del brazo a una preciosa pelirroja que…

5

Maigret no esperaba encontrar una casa que oliera aún a entierro, como en las casas de la gente modesta e incluso en la de los burgueses acomodados, con efluvios de cirios y crisantemos, una viuda de ojos enrojecidos y unos parientes llegados de lejos, vestidos de luto riguroso, que comían y bebían. Debido a su infancia en el campo, seguía asociando el olor a alcohol, de marca sobre todo, con la muerte y los funerales.

«Bebe esto, Catherine», le decían a la viuda, antes de salir para la iglesia y el cementerio, «necesitas levantar el ánimo».

Y ella bebía, mientras lloraba. Sin embargo, los hombres bebían en la posada, y luego cuando regresaban a casa.

Si aquella mañana el pórtico estuvo cubierto con cortinajes negros bordados en plata, estos habían desaparecido hacía mucho tiempo, porque el patio de armas había recobrado su aspecto acostumbrado, mitad en la sombra, mitad al sol, con un chófer uniformado que lavaba un coche negro, y tres coches más, uno de los cuales era de carreras, con carrocería amarilla, que esperaban al pie de la escalinata.

La mansión era tan grande como el Palacio del Elíseo, y Maigret recordó que en aquel palacete de V. se celebraban a menudo bailes de gala y tómbolas de caridad.

Tras subir la escalinata, empujó la puerta de cristales y se encontró solo en un vestíbulo de losetas de mármol. Puertas de doble hoja, abiertas a derecha e izquierda, le permitían ver los salones de gala, donde los objetos, sin duda las monedas antiguas y las tabaqueras de las que le habían hablado, estaban expuestas como en un museo.

¿Debería dirigirse a una de esas puertas o subir la escalera de doble tramo que conducía al primer piso? Dudaba, cuando un mayordomo, surgido de Dios sabe dónde, se le acercó silencioso, le quitó el sombrero de las manos y murmuró, sin preguntarle su nombre:

—Por aquí.

Maigret siguió a su cicerone escaleras arriba, atravesó otro salón del primer piso y a continuación una habitación alargada, que debía de ser la galería de retratos.

No le hicieron esperar. El criado entreabrió una puerta y anunció con voz apagada:

—El comisario Maigret.

El gabinete donde entró no daba al patio de armas, sino a un jardín, y el ramaje de los árboles, llenos de pájaros, rozaba las dos ventanas.

Alguien se levantó de un sillón y, por un instante, el comisario no se dio cuenta de que se trataba de la dama a quien había ido a ver: la princesa de V., la princesa Isabelle. Su asombro debió de ser muy visible, porque la dama le preguntó, avanzando hacia él:

—No esperaba encontrarme así, ¿verdad?

No se atrevió a responder que sí. Se calló, sorprendido. Aunque la dama vestía de negro, no producía la impresión de que estaba de luto riguroso, y le habría costado trabajo decir por qué. Tampoco tenía los ojos enrojecidos, ni parecía abatida.

Era más baja que en las fotografías; pero, al contrario de Jaquette, por ejemplo, su cuerpo no se había secado con los años. Maigret no tenía tiempo de analizar sus impresiones. Lo haría más tarde. Por el momento, las registraba maquinalmente.

Lo que más le sorprendió fue encontrarse con una mujer gordita, de mejillas llenas y tersas y cuerpo robusto. Sus caderas, apenas contorneadas por el vestido princesa de la fotografía del dormitorio de Saint-Hilaire, se habían vuelto tan anchas como las de una granjera.

¿Aquel gabinete en el que estaban era la habitación donde ella hacía su vida? Las paredes se hallaban adornadas con tapices antiguos. El parquet brillaba y cada mueble se encontraba en su sitio y, sin una razón concreta, a Maigret le recordó el convento donde, en el pasado, iba a visitar a una de sus tías, que era monja.

—Siéntese, por favor.

Ella le señalaba un sillón dorado, pero él prefirió una silla, aunque temiese partir las delicadas patas.

—Mi primer pensamiento fue ir a la casa —le confió la dama, sentándose a su vez—; pero luego me di cuenta de que él ya no estaría allí. Se llevaron el cadáver al Instituto Forense, ¿verdad?

No temía las palabras ni las imágenes que evocaban. Su rostro se veía sereno, casi sonriente, y eso también recordaba el convento, esa serenidad particular de las buenas hermanas que parecen no pertenecer a esta vida.

—Tengo la intención de verlo por última vez. Le hablaré de eso más adelante. Lo que necesito saber ahora es si ha sufrido. Respóndame francamente.

—Puede usted sentirse tranquila al respecto, señora. El conde Saint-Hilaire murió del primer disparo.

—¿Se hallaba en su despacho?

—Sí.

—¿Sentado?

—Sí. Al parecer, se encontraba ocupado en corregir unas pruebas.

La dama cerró los ojos, como para dar tiempo a que la imagen se formase en su mente, y Maigret se envalentonó lo suficiente para hacer, a su vez, una pregunta.

—¿Ha estado alguna vez en la calle Saint-Dominique?

—Una sola vez, hace muchísimo tiempo, con la complicidad de Jaquette. Elegí una hora en la que estaba segura de que él no se hallaba en casa. Quería conocer el decorado de su vida, poder situarlo con el pensamiento en su hogar, en las diferentes habitaciones…

Una idea la sobresaltó de pronto.

—¿Ha leído usted las cartas?

Maigret dudó unos instantes, pero finalmente prefirió confesar la verdad.

—Les eché un vistazo por encima. No a todas…

—¿Siguen en la biblioteca imperio de reja dorada?

Maigret asintió con la cabeza.

—Suponía que las leería usted. No se lo reprocho. Comprendo que ese es su deber.

—¿Cómo se enteró usted de su muerte?

—Por mi nuera. Philippe, mi hijo, ha llegado de Normandía con su mujer y sus hijos para los funerales. Hace un instante, al volver del cementerio, mi nuera ha hojeado uno de los periódicos que los criados dejan sobre una mesita del vestíbulo.

—¿Su nuera está al corriente?

La dama lo miró con una sorpresa que frisaba en candor. Si no se hubiera tratado de ella, Maigret habría pensado, tal vez, que interpretaba un papel.

—¿Al corriente de qué?

—De sus relaciones con el conde de Saint-Hilaire.

También su sonrisa era propia de una religiosa.

—Claro que sí. ¿Cómo no iba a estar al corriente? Nosotros nunca nos hemos escondido. Entre nosotros, no había nada deshonesto. Armand era un amigo muy querido…

—¿Le conocía su hijo?

—También él estaba al tanto de todo, y, cuando era niño, me señalaba a veces a Armand de lejos. Creo que la primera vez fue en Auteuil…

—¿Él nunca fue a visitarla?

Y ella respondió, no sin lógica (en todo caso, con la lógica de ella):

—¿Para qué?

Los pájaros se perseguían por entre las ramas, piando, y un agradable frescor llegaba del jardín.

—¿No quiere tomar una taza de té?

La mujer de Alain Mazeron le había ofrecido, en la calle de la Pompe, cerveza. Allí, era té.

—No, muchas gracias.

—Dígame todo lo que sepa usted, señor Maigret. Escuche, durante cincuenta años, me he acostumbrado a vivir pensando en él. Sabía lo que él hacía a cada hora del día. Yo visitaba las ciudades donde él vivía, cuando aún era embajador, y me las arreglaba con Jaquette para echar un vistazo a sus sucesivas casas. ¿A qué hora encontró la muerte?

—Según tengo entendido, entre las once y las doce de la noche.

—Sin embargo, no estaba dispuesto a acostarse.

—¿Cómo lo sabe usted?

—Porque, antes de irse a dormir, me escribía siempre unas palabras con las que terminaba su carta diaria. Él la empezaba, cada mañana, de la misma forma: «Buenos días, Isi…».

»Como él me habría dicho, al despertar, si el destino nos hubiera permitido vivir juntos. Después, añadía algunas líneas en el transcurso del día, para contarme lo que había hecho. Invariablemente, por la noche sus últimas palabras eran: «Buenas noches, Isi, bonita…».

Sonrió con cierta confusión.

—Le pido perdón por repetir esta palabra que acaso le haga reír. Para él, siempre he sido la Isabelle de los veinte años…

—Sin embargo, había vuelto a verla.

—De lejos, es cierto. Sabía, por tanto, que me había convertido en una anciana; pero, para él, el presente era menos real que el pasado. ¿Es usted capaz de entenderlo? Para mí, tampoco él había cambiado. Dígame ahora lo que pasó. Cuéntemelo todo, y no me engañe. Cuando se llega a mi edad, ¿comprende?, es que uno tiene mucha resistencia. El asesino entró… ¿Quién…? ¿Cómo…?

—En efecto, alguien entró, puesto que no se encontró arma alguna en el despacho ni en el piso. Como Jaquette afirma que cerró la puerta hacia las nueve, según hacía todas las noches, echando el cerrojo y poniendo la cadena, hay que creer que fue el propio conde de Saint-Hilarie quien recibió a su visitante. ¿Sabe usted si tenía por costumbre recibir visitas por las noches?

—Nunca. Desde que se retiró, había establecido una rutina diaria y cada día realizaba las mismas actividades. Podría enseñarle sus cartas de los últimos años… Vería usted que las primeras frases son siempre las mismas: «Buenos días, Isi. Le saludo, como todas las mañanas, puesto que es un nuevo día que comienza, mientras yo inicio mi pequeño circo monótono…».

»Llamaba así a sus días bien regulados, donde no había lugar para lo imprevisto…

»A menos que yo reciba una carta en el correo de la tarde… Pero ¡no! Era Jaquette quien las echaba al correo, por la mañana, cuando iba a comprar los cruasanes. Si ella hubiese echado una al buzón hoy, me lo habría dicho por teléfono…

—¿Qué opina usted de ella?

—Nos era completamente fiel, tanto a Armand como a mí. Cuando Armand se rompió el brazo, en Suiza, era ella quien escribía al dictado, y cuando, más tarde, le practicaron una operación, ella me enviaba una carta todos los días para tenerme al corriente.

—¿No cree usted que estaba celosa?

La dama sonrió de nuevo. A Maigret le costaba trabajo acostumbrarse a ella. Tanta calma, tanta serenidad le sorprendían, a él, que se había esperado una entrevista más o menos dramática.

Se habría dicho que allí la muerte no tenía el mismo sentido que en otras partes; que Isabelle vivía en contacto con ella, sin miedo, como si eso formase parte del camino normal de la vida.

—Era celosa; pero como lo es un perro de su amo.

Maigret dudaba en hacer ciertas preguntas, en abordar ciertos temas, y era ella quien se los planteaba, con absoluta sencillez, con una sencillez que desarmaba.

—Si alguna vez ha estado celosa como mujer, habría sido de las amantes del conde, no de mí.

—¿Cree usted que también ella fue su amante?

—Claro que lo fue.

—¿Se lo escribió él?

—No me ocultaba nada, ni siquiera las cosas humillantes que todo hombre duda en confiar a su esposa. Por ejemplo, no hace muchos años me escribió: «… Jaquette está nerviosa hoy. No tendré más remedio que satisfacer esta noche su deseo…».

Isabelle parecía divertida ante el asombro del comisario.

—¿Le sorprende eso? Sin embargo es tan natural…

—¿Tampoco usted se sentía celosa?

—De eso no. Mi único temor era que encontrase a una mujer capaz de ocupar mi lugar en sus pensamientos… Siga hablándome de lo ocurrido, comisario. ¿No se sabe, pues, nada sobre su visitante?

—Solo que disparó, una primera vez, con un arma de gran calibre; probablemente, una pistola automática del siete sesenta y cinco.

—¿Dónde hirió a Armand?

—En la cabeza. El forense afirma que la muerte fue instantánea. El cuerpo se deslizó sobre la alfombra, al pie del sillón. El asesino, entonces, disparó tres veces más.

—¿Por qué, si ya estaba muerto?

—Lo ignoramos. ¿Tal vez el asesino enloqueció? ¿Su estado de ira era tal que le hizo perder la sangre fría? Es difícil contestar ahora a estas preguntas. Durante los juicios, se acusa frecuentemente de crueldad al asesino que se ensaña con su víctima, a quien ha asestado, por ejemplo, cierto número de puñaladas. Ahora bien, si me atengo a mi experiencia y a la de mis colegas, son siempre los tímidos… (no me atrevo a decir los hombres sensibles) quienes actúan así. Se apodera de ellos el pánico, se niegan a ver sufrir a su víctima y pierden la cabeza…

—¿Cree usted que es este el caso?

—A no ser que se trate de una venganza, de un odio mucho tiempo contenido, lo cual es más raro.

Empezaba a sentirse a gusto ante aquella dama anciana que podía decir y oírlo todo.

—Lo que contradeciría esta versión es que el asesino pensara, a continuación, en recoger los cartuchos. Estos debían de estar esparcidos por el despacho, a cierta distancia. No olvidó ni uno, ni dejó huellas dactilares. Queda una última cuestión, una última pregunta que yo me hago, sobre todo después de lo que usted me ha revelado de sus relaciones con Jaquette. A esta, tras haber descubierto el cadáver esta mañana, no se le ha ocurrido, al parecer, la idea de llamarla a usted, sino que se ha dirigido, no a la comisaría de policía, sino al Ministerio de Asuntos Exteriores.

—Creo que puedo explicarle eso. Inmediatamente después del fallecimiento de mi marido, el teléfono estuvo sonando de forma casi ininterrumpida. Gente que apenas nos conocía quería saber sobre los funerales o deseaba expresarme su condolencia. Mi hijo, desesperado, ha decidido descolgarlo.

—Así pues, tal vez Jaquette ha intentado llamarla, ¿verdad?

—Es probable. Y, si no ha venido personalmente para darme la noticia, es porque sabía lo difícil que le sería acercarse a mí el día de los funerales de mi esposo.

—¿Sabe si el conde de Saint-Hilaire tenía enemigos?

—Ninguno.

—¿Le habló de su sobrino alguna vez en sus cartas?

—¿Ha visto usted a Alain?

—Esta mañana.

—¿Qué ha dicho?

—Nada. Ha ido a ver al abogado Aubonnet. La lectura del testamento se efectuará mañana y él debe contactar con usted, ya que su presencia es necesaria.

—Lo sé.

—¿Conoce usted los términos del testamento?

—Armand quería dejarme sus muebles y sus objetos personales, de forma que, si él moría antes que yo, yo pudiese sentir así, de alguna manera, que había sido su esposa.

—¿Acepta usted ese legado?

—Es su voluntad, ¿no? La mía también. Si no hubiese muerto, me habría convertido en la condesa de Saint-Hilaire una vez pasado el tiempo reglamentario de mi luto. Eso fue lo que siempre acordamos entre nosotros.

—¿Estaba su marido al corriente de esa decisión?

—Pues sí.

—¿También su hijo y su nuera?

—No solamente ellos, sino nuestros amigos. Le repito que no teníamos nada que ocultar. Ahora me veré obligada a vivir, debido al apellido que sigo llevando, en esta enorme casa, en lugar de instalarme, como lo he soñado con frecuencia, en la calle Saint-Dominique. Reproduciré aquí el piso de Armand. No creo que yo viva mucho tiempo más; pero, por poco que sea, viviré en su ambiente, ¿comprende usted?, como si fuese su viuda.

En Maigret se había producido un fenómeno que lo irritaba sobremanera. ¡Qué pronto había sido conquistado por esa mujer, tan diferente de todo lo que había conocido! Y, no solamente por ella, sino por la leyenda que Saint-Hilaire y ella habían creado y en la que habían vivido.

A primera vista, aquello era tan absurdo como un cuento de hadas o como las historias edificantes de los libros de lectura.

Allí, frente a ella, se sorprendía creyéndose su historia. Adoptaba su forma de ver, de sentir, como cuando, en el convento de su tía, andaba de puntillas y hablaba en voz baja, lleno de unción y de piedad.

Luego, de repente, miró a su interlocutora con otros ojos, con los del hombre del Quai des Orfèvres, y se rebeló.

¿Acaso estaban jugando con él? ¿Es que toda aquella gente, Jaquette, Alain Mazeron, su mujer con pantalones ajustados, Isabelle y hasta el notario Aubonnet se habían puesto de acuerdo?

Había un muerto, un cadáver de verdad, con el cráneo destrozado y el vientre rajado. Eso suponía la existencia de un asesino, y no se trataba de un vagabundo, que podía haber entrado en la casa del antiguo embajador y matarlo a quemarropa sin que este desconfiase ni intentara defenderse.

Con los años, Maigret había aprendido que no se mata sin motivo, sin algún motivo de peso. Y, aunque por azar se tratase de un loco o de una loca, era una persona de carne y hueso, que vivía en los alrededores de la casa de la víctima.

¿Acaso Jaquette, esa mujer cuya desconfianza rozaba la agresividad, estaba loca…? ¿Quizá Mazeron, a quien su mujer acusaba de crueldad mental, estaba loco…? ¿O era Isabelle quien no estaba en sus cabales?

Cada vez que le venían pensamientos de este tipo, le entraban ganas de cambiar de actitud, de hacer preguntas crueles, aunque solo fuese para deshacer aquella suavidad contagiosa.

Y, cada vez, una mirada de asombro o de candor, o también una mirada maliciosa de la princesa lo desarmaban, haciendo que se avergonzara.

—Resumiendo, usted no sabe de nadie que tuviera algún interés en matar al conde de Saint-Hilaire, ¿verdad?

—¿Interés? ¡Claro que no! Usted conoce, tan bien como yo, lo que dice el testamento.

—¿Y si Alain Mazeron hubiera necesitado dinero?

—Su tío se lo daba cuando le hacía falta, y, de cualquier forma, le habría dejado su fortuna.

—¿Lo sabía Mazeron?

—Supongo que sí. Muerto mi marido, es verdad que Armand y yo nos habríamos casado; pero yo no habría aceptado que mi familia heredase sus bienes.

—¿Y Jaquette?

—Sabía que tenía asegurada su vejez.

—También sabía que usted albergaba la intención de irse a vivir a la calle Saint-Dominique.

—De lo que estaba contentísima.

Algo en el interior de Maigret se resistía a creerlo. Todo aquello era falso, inhumano.

—¿Y su hijo?

Sorprendida, la dama esperó a que Maigret fuese más concreto, y, al ver que el comisario callaba, la anciana preguntó a su vez:

—¿Qué tiene que ver mi hijo en este asunto?

—No lo sé. Solo estoy investigando. Es el heredero del apellido.

—Habría seguido siéndolo, aunque Armand hubiese vivido.

¡Por supuesto! Pero ¿acaso no podría haberlo considerado como un descenso en su estatus social el que su madre se casara con Saint-Hilaire?

—¿Su hijo estuvo aquí anoche?

—No. Se aloja, con su mujer y sus hijos, en un hotel de la plaza Vendôme, donde acostumbran a hospedarse siempre que vienen a París.

Maigret frunció el ceño y miró las paredes, como si quisiera ver a través de ellas la inmensidad de la casa de la calle de Varenne. ¿No había allí numerosas habitaciones vacías, apartamentos desocupados?

—¿Quiere usted decir que, desde que se casó, nunca vivió en esta casa?

—Ante todo, viene raramente a París, y nunca por mucho tiempo, porque le horroriza la vida mundana.

—¿A su esposa también?

—Sí. Los primeros años de su matrimonio disponían de su apartamento en esta casa. Luego tuvieron un hijo, otro, un tercero…

—¿Cuántos tienen?

—Seis. El mayor, de veinte años; el menor, de siete. Acaso le escandalice un poco, pero no puedo vivir con niños. Es un error creer que todas las mujeres están hechas para ser madres. Tuve a Philippe porque era mi deber. Me ocupé de él mientras debía hacerlo. Años más tarde, no podría haber soportado los gritos y las carreras por la casa. Mi hijo lo sabe. Su mujer también.

—¿Y no están molestos con usted por ese rechazo?

—Me aceptan como soy, con mis defectos y mis extravagancias.

—Anoche, ¿estuvo usted sola en casa?

—Con los criados y dos monjas, que velaban en la capilla ardiente. El abate Gauge, mi director espiritual, y, al mismo tiempo, íntimo amigo, permaneció en la casa hasta las diez.

—Hace un momento me ha dicho usted que su hijo y su familia estaban ahora en la casa.

—Sí, me están esperando para despedirse, al menos mi nuera y mis nietos. Seguramente habrá visto usted los coches en el patio. Regresan a Normandía, excepto mi hijo, que me acompañará mañana al notario.

—¿Me permite usted que mantenga una breve entrevista con su hijo?

—¿Por qué no? Esperaba que me lo pidiera. Incluso creí que querría usted ver a toda la familia; por eso le dije a mi nuera que retrasase la marcha.

¿Era simpleza? ¿O desafío? Volviendo a la teoría del médico inglés, ¿habría conseguido un maestro desentrañar la verdad más fácilmente que Maigret?

Se sentía más humilde que nunca, más desarmado ante seres humanos sobre los cuales se esforzaba en formarse una opinión.

—Venga por aquí.

La dama lo condujo por la galería y, apoyando la mano en el picaporte de una puerta, tras la cual se oían voces, se paró un instante.

La abrió, diciendo simplemente:

—El comisario Maigret…

Y en una amplia habitación lo primero que vio el comisario fue a un niño que se comía un pastel; luego, a una niña de diez años que, en voz baja, preguntaba algo a su madre.

Esta era un mujer alta y rubia, de unos cuarenta años, de piel muy sonrosada. Se parecía a una de esas holandesas robustas que se ven en los cromos y en las tarjetas postales.

Un muchacho de trece años miraba por la ventana. La princesa hacía las presentaciones y Maigret registraba las imágenes, fragmento por fragmento, para reunirlas más tarde como las piezas de un rompecabezas.

—Frédéric, el mayor…

Un muchacho muy alto, rubio como su madre, se inclinó ligeramente, sin tenderle la mano.

—A él también le interesa el mundo de la diplomacia.

Había otro muchacho de quince años y una muchacha de doce o trece.

—¿Philippe no está?

—Ha bajado a ver si el coche estaba preparado.

Uno tenía la impresión de que la vida estaba suspendida allí, como en la sala de espera de una estación de tren.

—Venga por aquí, señor Maigret.

Siguieron por otro pasillo, en cuyo extremo encontraron a un hombre muy alto que los observó acercarse con gesto de fastidio.

—Estaba buscándote, Philippe. Al comisario Maigret le gustaría tener una breve entrevista contigo. ¿Dónde quieres hablar con él?

Philippe le tendió la mano, un poco distraído, al parecer, pero bastante curioso de ver a un policía de cerca.

—¡Qué más da! Aquí mismo.

Empujó una puerta, la de un despacho con cortinajes rojos, en el que se veían retratos de antepasados colgados de las paredes.

—Le dejo, señor Maigret; pero le ruego que me tenga al corriente de todo. Cuando trasladen el cadáver a la calle Saint-Dominique, tenga la bondad de indicármelo.

Desapareció ligera, inmaterial.

—¿Deseaba usted hablar conmigo?

¿De quién era aquel despacho? Probablemente de nadie; porque nada indicaba que nunca se hubiese utilizado para trabajar. Philippe de V. señaló un asiento y ofreció su pitillera.

—Gracias.

—¿No fuma usted?

—Solo en pipa.

—Igual que yo, normalmente. Pero en esta casa no. A mi madre le horroriza.

Había en su voz un deje de fastidio, acaso de impaciencia.

—Supongo que desea usted hablar de Saint-Hilaire.

—¿Sabía usted que fue asesinado anoche?

—Me lo ha dicho mi mujer hace un momento. Es una curiosa coincidencia, admítalo.

—¿Quiere usted decir que su muerte podría estar relacionada con la de su padre?

—No lo sé. El periódico no habla de las circunstancias del crimen. Supongo que está descartado el suicidio, ¿no?

—¿Por qué lo pregunta…? ¿Acaso el conde tenía razones para suicidarse?

—No veo ninguna; pero uno nunca sabe qué pasa por la cabeza de las personas.

—¿Lo conocía usted?

—Mi madre me lo mostró yendo por la calle, cuando yo era niño. Más tarde, me lo encontré en varias ocasiones.

—¿Habló usted con él?

—Nunca.

—¿Sentía algún tipo de rencor hacia él?

—¿Por qué?

También Philippe se mostraba sinceramente asombrado de las preguntas que le hacía el comisario. También él poseía el aspecto del hombre honrado que nada tenía que ocultar.

—Durante toda su vida, mi madre ha sentido por él una especie de amor místico, del que no teníamos por qué avergonzarnos. Mi padre, además, era el primero en sonreír, diría que casi enternecido.

—¿Cuándo llegó usted de Normandía?

—El domingo por la tarde. Vine solo la semana pasada, después del accidente de mi padre; luego me marché, porque su vida no parecía estar en peligro. Me sorprendí mucho el domingo, cuando mi madre me llamó para comunicarme que había fallecido a consecuencia de un ataque de uremia.

—¿Hizo el viaje con su familia?

—No. Mi mujer y mis hijos no llegaron hasta el lunes. Excepto mi hijo mayor, claro está, que estudia interno en la École Normale.

—¿Le habló su madre de Saint-Hilaire?

—¿Qué quiere usted decir?

—Tal vez mi pregunta resulte ridícula. ¿Le dijo ella, en algún momento determinado, que ahora podría casarse con el conde?

—No era necesario que me lo dijese. Yo sabía, desde hace mucho tiempo, que, si mi padre moría antes que mi madre, ese matrimonio se llevaría a cabo.

—Al contrario que su padre, ¿a usted nunca le ha gustado la vida mundana?

Eso pareció sorprenderle y reflexionó antes de contestar.

—Creo comprender su punto de vista, comisario. Usted ha visto fotos de mis padres en las revistas, bien cuando iban a alguna corte extranjera, bien cuando asistían a una boda aristocrática o a unos esponsales principescos. Yo asistí a algunos de esos eventos, evidentemente, entre los dieciocho y los veinticinco años más o menos. Digo «más o menos», porque poco después me casé y me fui a vivir al campo. ¿No le han dicho que me licencié en la Escuela de Agricultura de Grignon? Mi padre me regaló una de sus haciendas, en Normandía, y allí vivimos mi familia y yo. ¿Era a esto a lo que se refería usted con su pregunta?

—¿No tiene usted ninguna sospecha?

—¿Respecto al asesino de Saint-Hilaire?

A Maigret le pareció que el labio de Philippe había temblado ligeramente; pero no se habría atrevido a afirmarlo.

—No. No podría llamarse una sospecha.

—Pero ¿tiene alguna idea al respecto?

—No tiene fundamento, y prefiero no hablar de ella.

—¿Piensa usted en alguien, cuya vida habría cambiado con la muerte de su padre?

Philippe de V. alzó los ojos, que había bajado un instante.

—Digamos que por un momento lo pensé, pero enseguida lo deseché. ¡He oído hablar tanto de Jaquette y de su devoción por su señor…! —Parecía descontento del giro que estaba tomando la entrevista—. No quisiera ser grosero, pero debo despedirme de mi familia; me gustaría que llegara a casa antes del anochecer.

—¿Se queda usted algunos días en París?

—Hasta mañana por la tarde.

—¿En la plaza Vendôme?

—¿Se lo ha dicho mi madre?

—Sí. Para quedarme más tranquilo, le haré la última pregunta, y espero que no se la tome a mal. También me he visto obligado a formulársela a su madre.

—Dónde estuve anoche, ¿verdad? ¿A qué hora?

—Entre las diez y las doce.

—Es un tiempo bastante largo. Espere. Cené aquí con mi madre.

—¿Los dos solos?

—Sí. Me marché hacia las nueve y media, cuando llegó el abate Gauge, por quien siento poca simpatía. Regresé al hotel para estar con mi mujer y mis hijos.

Pausa. Philippe de V. miraba al frente, dudando, molesto.

—Poco después, salí a los Champs-Élysées para tomar un poco el aire.

—¿Hasta medianoche?

—No.

Esta vez, miró a Maigret de frente, con una sonrisa un tanto avergonzada.

—Le parecerá a usted curioso estando tan reciente de luto. Para mí se trata de una especie de tradición. En Genestoux soy demasiado conocido para permitirme la más ligera aventura, y ni siquiera se me ocurre la idea de tenerla. ¿Acaso es debido a mis recuerdos de juventud? Cada vez que vengo a París, acostumbro a pasar una hora o dos con una mujer bonita. Como no quiero que esas aventuras tengan consecuencias ni que me compliquen la vida, me contento…

Hizo un gesto vago.

—¿En los Champs-Élysées? —preguntó Maigret.

—No lo admitiría delante de mi mujer, quien no lo comprendería. Para ella, aparte de cierto mundo…

—¿Cuál es el nombre de soltera de su esposa?

—Irène de Marchangy… Puedo decirle, si le es útil, que mi compañera de ayer es morena, no muy alta, que llevaba un vestido verde claro y que tiene un lunar debajo de un pecho. Me parece que es el izquierdo, pero no estoy muy seguro.

—¿Fue usted a casa de esa mujer?

—Supongo que vive en el hotel de la calle de Berry, donde me llevó; porque había vestidos en el armario y objetos personales en el cuarto de baño.

Maigret sonrió.

—Le pido disculpas por haber insistido y le agradezco mucho su paciencia.

—¿Está usted tranquilo en lo que a mí respecta? ¡Por aquí! Le dejo que baje solo, porque tengo prisa en… —Miró su reloj y le tendió la mano—. ¡Le deseo mucha suerte!

En el patio de honor, un chófer esperaba junto a una limusina, cuyo motor estaba en marcha, pero solo se oía un zumbido apenas perceptible.

Cinco minutos después, Maigret se hundía literalmente en la espesa atmósfera de una taberna y pedía una cerveza.

6

Lo despertó la luz del sol que se filtraba por las rendijas de las persianas, y con un gesto que después de tantos años se había convertido en maquinal alargó la mano hacia el sitio de su mujer. Las sábanas aún estaban tibias. De la cocina le llegó, al mismo tiempo que el olor del café que acababan de moler, un ligero silbido: el del agua que hervía en la olla.

Allí también, como en la aristocrática calle de Varenne, piaban los pájaros en los árboles, menos cerca de las ventanas, y Maigret experimentaba un claro bienestar físico con el que se mezclaba, sin embargo, una sensación vaga y desagradable.

Había pasado una noche agitada. Recordaba haber tenido numerosas pesadillas y hasta haberse despertado sobresaltado una vez por lo menos.

¿No le había hablado a media voz su mujer, en cierto momento, mientras le tendía un vaso de agua?

Era complicado recordar. Varias historias se habían entremezclado entre sí y uno perdía sin cesar el hilo de cada una de ellas. Sin embargo, poseían algo en común: en todas, él interpretaba un papel humillante.

Una imagen volvía a su memoria, más clara que las otras: la de un lugar que se asemejaba al palacio de V., mucho más grande, pero menos opulento. Parecía un convento o un despacho de Ministerio, con interminables pasillos e infinitas puertas.

Lo que acababa de hacer no estaba claro en su mente. Solo sabía que tenía que alcanzar un fin, y que este era de importancia capital. Ahora bien, no encontraba nadie que lo guiara hasta él. Pardon se lo había dicho claramente al dejarlo en la calle. No veía al doctor Pardon en su sueño, ni la calle. Tampoco estaba seguro, claro que no, de que su amigo lo hubiese prevenido.

La verdad es que no tenía derecho a preguntar qué camino debía seguir. Al principio, lo había intentado, antes de comprender que eso no se hacía. Los ancianos se contentaban con mirarle, sonriendo y negando con la cabeza.

Porque había ancianos por todas partes. Acaso fuera una casa de retiro, o un asilo, aunque no lo parecía.

Reconocía a Saint-Hilaire, muy derecho, con el rostro sonrosado bajo su cabello blanco y bien cuidado. Un hombre muy guapo, que sabía que lo era y parecía burlarse del comisario. El abogado Aubonnet estaba sentado en un sillón con ruedas de goma y se divertía recorriendo a gran velocidad la galería.

Había allí mucha más gente, incluso el príncipe de V., con una mano sobre el hombro de Isabelle, observando con indulgencia los esfuerzos de Maigret.

La situación del comisario era delicada, porque aún no lo habían iniciado y se negaban a decirle qué pruebas debía pasar.

Estaba en la misma situación de un quinto del ejército, de un novato en el colegio. Le hacían novatadas. Cada vez que quería empujar una puerta, por ejemplo, esta se cerraba por sí misma; o bien, en lugar de abrirse sobre un cuarto o un salón, aparecía un nuevo pasillo.

Solamente la anciana condesa de Saint-Fiacre estaba dispuesta a ayudarle. No teniendo derecho a hablar, ella se esforzaba en hacerle comprender, por gestos, lo que no funcionaba bien. Por ejemplo, señalaba las rodillas de él y, al bajar los ojos, Maigret descubría que vestía pantalones cortos.

En la cocina, la señora Maigret se había puesto a verter por fin el agua en el café. Maigret abrió los ojos, enfurruñado ante el recuerdo de aquel estúpido sueño.

Resumiendo, él había presentado una especie de candidatura, como en un círculo que, en aquel caso, era un círculo de ancianos. Y, si no lo habían tomado en serio, era porque lo consideraban un muchacho.

Ya sentado en la cama, continuaba sintiéndose dolido y seguía con mirada vaga a su mujer, que, después de haber puesto una taza de café sobre la mesilla de noche, estaba abriendo las persianas.

—No debiste comer caracoles anoche…

Para despejar un poco la mente, tras una jornada agotadora, había llevado a su mujer a cenar a un restaurante, donde había comido caracoles.

—¿Cómo te encuentras?

—Bien.

No iba a dejarse impresionar por un sueño. Se bebió el café, se dirigió al comedor y echó una ojeada al periódico mientras desayunaba.

Daban algunos detalles más que el día anterior sobre la muerte de Armand de Saint-Hilaire, y habían publicado de él una excelente fotografía. También publicaban una de Jaquette, sorprendida en el momento en que entraba en una mantequería. Era cuando la anciana, después del mediodía, había salido a hacer la compra, con Lapointe pisándole los talones.

En el Quai d'Orsay se descarta del todo la hipótesis de un crimen político. Por el contrario, en los medios bien informados, se relaciona la muerte del conde con otro fallecimiento, este accidental, que se produjo hace tres días.

Eso significaba que, en la siguiente edición, se contaría con todo detalle la historia de Isabelle y de Saint-Hilaire.

Maigret seguía sintiéndose pesado, decaído, y era en esos momentos cuando lamentaba no haber elegido otro oficio.

Esperó el autobús en la plaza Voltaire. Tuvo la suerte de encontrar uno con plataforma, para poder fumar su pipa mientras miraba desfilar las calles. En el Quai des Orfèvres, saludó al guardia con un ademán, subió la escalera, que estaba barriendo una asistenta después de haber echado unas gotas de agua para evitar que el polvo se levantara.

Sobre su mesa de despacho encontró un montón de documentos, informes y fotografías.

Las fotos del muerto eran impresionantes. Algunas lo mostraban de cuerpo entero, tal como lo habían descubierto, con una pata de la mesa en primer plano, las manchas de sangre en la alfombra. También había fotografías de la cabeza, del pecho, del vientre, cuando aún estaba vestido.

Otros clichés numerados indicaban el orificio de entrada de cada bala y un abultamiento oscuro bajo la piel, en la espalda, allí donde una de las balas se había detenido, después de romper la clavícula.

Llamaron a la puerta, y apareció un Lucas con aspecto lozano, bien afeitado, con restos de polvo de talco bajo las orejas.

—Dupeu está aquí, jefe.

—Hazle pasar.

El inspector Dupeu, al igual que el hijo de Isabelle, tenía una familia numerosa, seis o siete hijos; pero el comisario Maigret no le había encargado por ironía, el día anterior, cierta misión, sino porque Dupeu se encontraba disponible en el momento preciso.

—¿Qué ha averiguado?

—Lo que le contó el príncipe es exacto. He ido a la calle de Berry, a eso de las diez de la noche. Como de costumbre, había cuatro o cinco haciendo la carrera. Entre las prostitutas, solo había una morenita, quien me ha informado que no estuvo allí el día anterior porque había ido a ver a su bebé al campo…

»He esperado bastante tiempo, hasta ver salir a otra de un hotel, acompañada por un soldado americano. "¿Por qué me pregunta usted eso?", me ha dicho, intranquila, tras preguntarle. "¿Lo busca la policía?". "En absoluto. Simple comprobación". "¿Un tipo alto, de unos cincuenta años, bastante fuerte…?". —Dupeu continuó—: He preguntado a la muchacha si tenía un lunar bajo el seno y me ha contestado que sí, y que tenía otro en la cadera. Como es lógico, el individuo no le dijo su nombre; pero anteanoche solo estuvo con él, porque le pagó tres veces más de lo que ella tiene por costumbre cobrar. "Sin embargo, no pasó conmigo ni media hora…". "¿A qué hora la abordó a usted?". "A las once menos diez. Me acuerdo porque yo salía del bar de al lado, donde estuve tomando un café, y miré el reloj de encima del mostrador".

Maigret observó:

—Si solo pasó media hora con ella, debió de dejarla a las once y media.

—Es lo que afirma la muchacha.

El hijo de Isabelle no había mentido. En aquel caso, nadie parecía mentir. Claro que, abandonando la calle de Berry a las once y media, bien pudo encontrarse en la de Saint-Dominique antes de medianoche.

¿Por qué habría ido a llamar a la casa del viejo enamorado de su madre? Y, sobre todo, ¿por qué matarlo?

El comisario no tuvo mucha más suerte con el sobrino, Alain Mazeron. El día anterior, cuando Maigret se había pasado por la calle Jacob, poco antes de comer, no encontró a nadie. Después telefoneó alrededor de las ocho sin obtener respuesta.

Entonces, encargó a Lucas que mandara a alguien, temprano, a casa del anticuario. Se trataba de Bonfils, que estaba entrando ahora en el despacho con informes bastantes desconsoladores.

—No se ha alterado ante mis preguntas.

—¿Su tienda estaba abierta?

—No. He tenido que llamar. Me ha mirado desde la ventana del primer piso antes de bajar, en mangas de camisa, sin afeitar. Le he preguntado qué hizo ayer, desde mediodía hasta la noche. Me ha dicho que primero fue a ver al notario...

—Es cierto.

—Eso creo. Luego se dirigió a la calle Drouot, donde había una subasta de cascos, botones de uniforme y armas de la época napoleónica. Me ha dicho que algunos coleccionistas se desprenden de esas reliquias. Compró un lote. Me ha enseñado una ficha rosa con el detalle de los objetos que deberá retirar hoy por la mañana.

—¿Y después?

—Fue a comer a un restaurante de la calle de Seine, donde suele ir a menudo. Lo he comprobado.

¡Otro que no había mentido! Curioso oficio, pensaba Maigret, en el que uno se siente decepcionado de que alguien no haya matado. Era este el caso, y al comisario, a pesar suyo, le sentaba muy mal que aquella gente fuera inocente o que lo pareciera.

Porque, después de todo, había un cadáver.

Descolgó el teléfono.

—¿Puedes bajar, Moers?

No creía en el crimen perfecto. En veinticinco años como policía, no había conocido uno solo. Claro que recordaba algunos crímenes que habían quedado impunes. En muchas ocasiones se sabía quién era el culpable, pero este había huido al extranjero. O también se trataba de envenenamientos o de crímenes sórdidos.

No era este el caso. Un bribón cualquiera no habría entrado en el piso de la calle Saint-Dominique, disparado cuatro tiros sobre un viejo sentado a su mesa de despacho, para irse luego con las manos vacías.

—Entra, Moers. Siéntate.

—¿Ha leído usted mi informe?

—Aún no.

Maigret no le confesó que no había tenido el suficiente ánimo para leerlo, como tampoco las dieciocho páginas del informe forense. El día anterior había dejado a Moers y a sus hombres la tarea de buscar indicios materiales y confiaba plenamente en ellos, sabiendo muy bien que nada se les escaparía.

—¿Gastine-Renette ha enviado sus conclusiones?

—Están en la carpeta. Se trata de una pistola automática del siete sesenta y cinco; es decir, una browning o una de las numerosas imitaciones que se encuentran en el comercio.

—¿Están completamente seguros de que no ha quedado ningún cartucho en el piso?

—Mis hombres buscaron minuciosamente por todas partes.

—¿Ni armas tampoco?

—Ni armas ni municiones, aparte de las escopetas de caza y sus cartuchos correspondientes.

—¿Huellas dactilares?

—Las de la vieja, las del conde y las de la mujer del portero. Las había tomado por casualidad antes de abandonar la calle Saint-Dominique. La portera iba, dos veces por semana, a ayudar a Jaquette Larrieu a hacer limpieza general.

Moers también se mostraba molesto, descontento.

—He adjuntado el inventario de los objetos encontrados en los muebles y en los armarios. Los he estado examinando durante la noche pero no he descubierto en ellos nada anormal o inesperado.

—¿Dinero?

—Algunos miles de francos en una cartera, monedas sueltas en un cajón de la cocina, y, en la mesa de despacho, talonarios de cheques de la banca Rothschild.

—¿Facturas?

—Facturas también. El pobre viejo no se esperaba morir tan pronto porque hace diez días había encargado un traje en una sastrería del bulevar Hausmann.

—¿Alguna marca en el alféizar de la ventana?

—Ninguna.

Se miraron y se comprendieron. Trabajaban juntos desde hacía muchísimos años y apenas recordaban un solo caso en el que, «peinando a fondo la escena del crimen», como decían los periódicos, no hubiesen descubierto detalles más o menos significativos, a primera vista.

En aquel caso todo era perfecto, demasiado perfecto. Cada cosa tenía su explicación lógica, excepto, en definitiva, la muerte del anciano.

Incluso podría haberse hecho pasar por un suicidio, limpiando la culata del arma y poniéndola en manos del muerto. A condición, evidentemente, de que se hubiera disparado una sola bala. Pero ¿por qué disparar las otras tres? ¿Y por qué no encontraban la automática del antiguo embajador? Poseía una. La anciana Jaquette confesó haberla visto, algunos meses antes, en el cajón de la cómoda del dormitorio.

El arma no se encontraba ya en el piso y, según la descripción de la criada, tenía poco más o menos el tamaño y el peso de una pistola del siete sesenta y cinco.

Suponiendo que el anciano hubiera introducido a alguien en su casa... a alguien que él conocía, puesto que había vuelto a sentarse a la mesa, en bata… ante una botella de coñac y una copa… ¿Por qué no ofreció de beber a su visitante?

¿Cómo imaginar la escena? Aquel visitante, dirigiéndose hacia el dormitorio —por el pasillo o atravesando el comedor—, apoderándose de la pistola, regresando al despacho, acercándose al conde y disparando un primer tiro a quemarropa…

—Hay algo que no encaja… —dijo Maigret, soltando un suspiro.

Además, hacía falta un motivo, un motivo lo bastante importante para que quien había cometido el crimen estuviese dispuesto a afrontar una sentencia de muerte.

—Supongo que no habrás sometido a Jaquette al test de la parafina…

—No lo habría hecho sin antes preguntarle a usted.

Cuando uno utiliza un arma de fuego, sobre todo una pistola semiautomática, la explosión proyecta a cierta distancia partículas características que se incrustan en la piel del tirador, en particular sobre la yema de los dedos, y permanecen allí cierto tiempo.

Maigret pensó en eso mismo el día anterior. Pero ¿tenía derecho a sospechar de la anciana criada más que de cualquiera otro?

Claro que ella era la que estaba mejor situada para cometer el crimen. Sabía dónde coger el arma, podía desplazarse por el piso, mientras su señor trabajaba, sin despertar sospechas, acercarse a él, disparar…, y era admisible que, ante el cuerpo caído sobre la alfombra, hubiese continuado apretando el gatillo.

Era también lo bastante meticulosa para haber buscado a continuación los cartuchos por la habitación.

Sin embargo, ¿podía admitirse que se hubiese metido en la cama a continuación tranquilamente, echándose a dormir a algunos metros de su víctima? ¿Que, a la mañana siguiente, en su camino hacia al Quai d'Orsay, se hubiese parado en alguna parte, a orillas del Sena, por ejemplo, o en el puente de la Concorde, para desprenderse del arma y de los casquillos?

Tenía un móvil, o algo parecido a un móvil. Durante cerca de cincuenta años, había vivido con Saint-Hilaire, a su sombra. Él no le ocultaba nada y, muy probablemente, habían mantenido en otros tiempos relaciones íntimas.

El embajador no parecía haberle dado mucha importancia a eso, y tampoco Isabelle, que hablaba del asunto sonriendo.

Pero ¿y Jaquette? ¿No era ella, en definitiva, la verdadera compañera del anciano?

Ella conocía su amor platónico por la princesa; echaba sus cartas diarias, y era ella también la que introducía, a veces, a Isabelle en el piso, en ausencia de su señor.

—Me pregunto si…

La hipótesis repugnaba a Maigret; le parecía demasiado fácil. Aunque pudiese concebirla, no la *sentía como posible*.

Con el príncipe de V. muerto e Isabelle libre, los viejos enamorados tenían, al fin, derecho a estar juntos. Solo necesitaban que finalizase el plazo oficial del luto para pasar por la alcaldía y la iglesia… y vivirían juntos en la calle Saint-Dominique o en la de Varenne.

—Escucha, Moers… Quiero que vayas allí… Sé amable con Jaquette… No la atemorices… Dile que es tan solo una formalidad…

—¿Le hago el test de la parafina?

—Sería una preocupación menos…

Cuando le anunciaron a Maigret, un poco después, que el señor Cromières se hallaba al teléfono, ordenó decir que estaba ausente y que ignoraban cuándo regresaría.

Aquella mañana se daría lectura al testamento del príncipe de V. Allí estarían, frente al viejo notario Aubonnet, Isabelle y su hijo, y más tarde, el mismo día, la princesa volvería a encontrarse en el mismo despacho para la lectura de otro testamento.

Los dos hombres de su vida el mismo día…

Maigret llamó a la calle Saint-Dominique. El día anterior había dudado en sellar las puertas del despacho y del dormitorio. Prefirió esperar aún o reservar la posibilidad de ver de nuevo el lugar del crimen.

Lapointe, al que había dejado allí de guardia, debía de haber dormido en un sillón.

—¿Es usted, jefe?

—¿Nada nuevo?

—Nada.

—¿Dónde está Jaquette?

—Esta mañana, a las seis, mientras yo vigilaba en el despacho, la he oído pasar por el pasillo, arrastrando un aspirador. He corrido hacia ella para preguntarle qué tenía intención de hacer, y me ha mirado con ojos de asombro: «Limpiar, como es lógico». «¿Limpiar qué?». «Primero, el dormitorio; después, el comedor… luego…».

Maigret masculló:

—¿Has permitido que siguiera?

—No. Y ella no parecía comprender por qué: «¿Qué debo hacer entonces?», me ha preguntado.

—¿Qué le has respondido?

—Le he pedido que me preparara un café y ha salido a comprar cruasanes.

—¿No ha podido aprovechar esa salida para llamar o ir a Correos a fin de enviar una carta?

—No. He encargado al guardia de la puerta que la siguiera. En realidad, solo ha entrado en la panadería, donde ha permanecido un instante.

—¿Está furiosa?

—No podría asegurarlo. Camina por la casa moviendo los labios, como si hablase sola… Ahora está en la cocina y no sé qué está haciendo.

—¿No ha habido llamadas telefónicas?

La puerta del jardín debía de estar abierta, porque Maigret oía piar a los mirlos al otro lado del auricular.

—Moers se reunirá contigo dentro de unos minutos. Ya está en camino. ¿Estás cansado?

—Debo decirle que he dormido.

—Haré que te releven un poco más tarde entonces. —Se le ocurrió una idea—. No cuelgues. Ve a decirle a Jaquette que te enseñe sus guantes.

Era devota y Maigret habría jurado que, para la misa dominical, llevaba guantes.

—Sigo al aparato.

Esperó, con el auricular en la mano. La espera fue bastante larga.

—¿Está usted ahí, jefe?

—Bueno, ¿qué?

—Me ha enseñado tres pares.

—¿No parecía sorprendida?

—Me ha lanzado una mirada biliosa antes de ir a abrir un cajón en su habitación. He visto un libro de misa, dos o tres rosarios, tarjetas postales, medallas, pañuelos y guantes. Dos pares son de hilo blanco.

Maigret se la imaginaba, en verano, con guantes blancos y, sin duda, con un adorno blanco en el sombrero.

—¿Y el otro par?

—De cabritilla negra, bastante usados.

—Hasta luego.

La pregunta de Maigret se relacionaba con la tarea encargada a Moers. El asesino de Saint-Hilaire podría haberse enterado por los periódicos y las revistas que un tirador conserva durante cierto tiempo después de un disparo las manos incrustadas de pólvora. Si Jaquette se había servido del arma, ¿no se le habría ocurrido la idea de ponerse guantes? Y, en ese caso, ¿se habría desprendido de ellos?

Para confirmarlo, Maigret se sumergió en la carpeta que tenía abierta ante él. Encontró el inventario, habitación por habitación, con el contenido de cada mueble: «Habitación de la criada… Una cama de hierro… Una mesa vieja de caoba, cubierta con un cuadrado de terciopelo carmesí a rayas…».

Su dedo seguía las líneas mecanografiadas: «Once pañuelos, seis de ellos marcados con una J… Tres pares de guantes…».

Ella le había enseñado los tres pares a Lapointe.

Sin coger el sombrero, salió y se dirigió hacia la puerta que unía la policía judicial con el Palacio de Justicia... No había ido nunca al despacho del juez de instrucción Urbain de Chézaud, que estaba antes en Versalles, y con el que no había tenido ocasión de trabajar. Tuvo que subir al tercer piso, al de los despachos más antiguos, y finalmente encontró el nombre del magistrado escrito en un rótulo en una puerta.

—Adelante, señor Maigret. Me alegra mucho verle y me estaba preguntando si no debía telefonearle.

Tendría unos cuarenta años y aspecto inteligente. Sobre su escritorio, Maigret reconoció la copia del informe que él mismo había recibido. Observó que algunas páginas llevaban anotaciones hechas con un lápiz rojo.

—No disponemos de muchos indicios materiales, ¿verdad? —preguntó, suspirando, el juez de instrucción, al tiempo que lo invitaba a sentarse—. Acabo de recibir una llamada del Quai d'Orsay...

—El joven señor Cromières...

—Me ha dicho que ha intentado en vano localizarle a usted, y que se pregunta de dónde han sacado sus informaciones los periódicos de esta mañana.

El mecanógrafo, detrás de Maigret, escribía a máquina. Las ventanas daban al patio, así que no debía de verse nunca el sol.

—¿Trae usted nuevas noticias?

Maigret no ocultó se descorazonamiento porque el juez le era simpático.

—Ya lo ha leído usted... —respondió, suspirando y señalando la carpeta—. Esta tarde o mañana le remitiré un primer informe. El robo no es el móvil del crimen. Tampoco parece ser una cuestión de interés económico, porque sería muy evidente. El sobrino de la víctima es el único que hereda, el único que se beneficia de la muerte de Saint-Hilaire. Le bastaba haber esperado unos meses o unos años...

—¿Necesita dinero?

—Sí y no. Es difícil sacar algo en claro de esa gente sin acusarla directamente. Ahora bien, no tengo ninguna base para acusarlos. Mazeron vive separado de su mujer y de sus hijas. Tiene un carácter retraído, bastante desagradable, y su mujer lo describe como una especie de sádico.

»Al ver su tienda de antigüedades, podría pensarse que allí no entra nunca nadie. Aunque es cierto que está especializado en trofeos militares y que existe un pequeño número de aficionados obsesionados con esa clase de objetos.

»En alguna ocasión le pidió dinero a su tío. Nada demuestra que este no se lo diera de buena gana... ¿Temía que una vez casado Saint-Hilaire se le escapase la herencia? Es posible. No lo creo. Esas familias poseen una mentalidad particular. Cada cual se considera el depositario de los bienes que tiene el deber de transmitir, más o menos intactos, a sus descendientes directos o indirectos...

Sorprendió una sonrisa en los labios del magistrado y recordó que este se llamaba Urbain de Chézaux, nombre aristocrático.

—Continúe.

—Fui a ver a la señora Mazeron a su piso de Passy, y no veo razón alguna por la que ella hubiera matado al tío de su marido. Otro tanto diría de sus dos hijas. Además, una de ellas está en Inglaterra. La otra trabaja. —Maigret llenó la pipa—. ¿Me permite?

—Por supuesto. También yo fumo en pipa.

Era la primera vez que se encontraba frente a un juez que fumase en pipa. Aunque es cierto que este añadió:

—Por las noches, en mi casa, cuando estudio los expedientes.

—Fui a ver a la princesa de V. —Maigret observó a su interlocutor—. Usted conoce su historia, ¿verdad?

Maigret habría jurado que Urbain de Chézaux se movía en un entorno social donde se interesaban por Isabelle.

—Sí. He oído hablar de ello.

—¿Es cierto que su «lío» con el conde, si se le puede llamar «lío», lo conoce mucha gente?

—En cierto ambiente social, sí. Sus amigos la llaman Isi.

—Así también la llamaba el conde en sus cartas.

—¿Las ha leído?

—No todas. Ni enteras. Hay para llenar varios volúmenes. Me ha parecido, aunque no es más que una impresión, que la princesa no estaba tan consternada por la muerte de Saint-Hilaire como podría haberse esperado.

—En mi opinión, nada en la vida ha alterado nunca su serenidad. He tenido ocasión de encontrármela. He oído hablar de ella a mis amigos. Se diría que nunca ha pasado de cierta edad y que el tiempo se ha detenido para ella. Unos pretenden que ella se plantó en los veinte años; otros, que no cambió desde el convento.

—Los periódicos cuentan su historia. Han comenzado a hacer ciertas alusiones.

—Lo he visto. Era inevitable.

—Durante nuestra entrevista, no me ha dicho nada que me proporcionara ninguna pista. Esta mañana irá a casa del notario para la apertura del testamento de su marido. Volverá esta tarde para la de Saint-Hilaire.

—¿El conde le ha dejado algo en herencia?

—Solo sus muebles y sus objetos personales.

—¿Ha visto usted a su hijo?

—A Philippe, a su mujer y a sus hijos. Estaban en la calle de Varenne. Únicamente el hijo se ha quedado en París.

—¿Qué opina usted de él?

Maigret estaba obligado a responder:

—No lo sé.

En rigor, también Philippe tenía una razón para matar a Saint-Hilaire. Iba a ser heredero de la línea histórica de los V., emparentada con todas las cortes europeas. Su padre había aceptado el amor platónico de Isabelle por el discreto embajador, al que ella no veía más que de lejos y a quien enviaba cartas infantiles.

Muerto su padre, la situación cambiaría. A pesar de sus setenta y dos años y los setenta y siete de su enamorado, la princesa se casaría con Saint-Hilaire, perdería su título, cambiaría de apellido…

¿Era suficiente motivo para cometer un crimen y arriesgarse a ser condenado a muerte? Maigret siempre volvía a esa cuestión: aceptar un escándalo bastante anodino o arriesgarse a un escándalo mucho más grave.

El comisario murmuró, fastidiado:

—He controlado todos sus movimientos del martes por la noche. Se hospeda con su familia en un hotel de la plaza Vendôme, según tiene por costumbre. Una vez los niños en la cama, salió solo y se dirigió a pie a los Champs-Élysées. En la esquina de la calle de Berry eligió entre las cinco o seis muchachas disponibles y se fue con una de ellas a casa de la chica.

Maigret había visto frecuentemente a asesinos correr, *tras* su crimen, en busca de una mujer, no importaba cuál, como si sintieran la necesidad de descansar.

No recordaba ni uno solo actuando de idéntica forma *antes del crimen*. ¿Para procurarse una coartada tal vez?

En ese caso, la coartada de Philippe de V. no era completa, puesto que se había separado de la prostituta hacia las once y media de la noche, lo que le daba tiempo suficiente para ir a la calle Saint-Dominique.

—Y en este punto me encuentro. Seguiré buscando, sin esperanza de hallarla, otra pista, acaso otro familiar del antiguo embajador, del que aún no nos han hablado. Saint-Hilaire tenía costumbres rutinarias, como la mayoría de los ancianos. Pero casi todos sus amigos han muerto...

Sonó el timbre del teléfono. El mecanógrafo se levantó para contestar.

—Sí... Está aquí... ¿Quiere usted hablar con él? —Y, volviéndose hacia el comisario, le dijo—: Es para usted... Parece que es muy urgente...

—¿Me permite?

—Por favor...

—¿Hola? Sí, soy Maigret... ¿con quién hablo...?

No reconoció la voz porque Moers, que al fin se identificó, estaba excitadísimo.

—Lo he llamado a su despacho. Me han dicho...

—Ve al grano.

—Ya voy. ¡Es extraordinario! Acabo de terminar el test...

—Lo sé. ¿Y qué ha pasado?

—Es positivo.

—¿Estás seguro?

—Absolutamente seguro. No hay duda de que Jaquette Larrieu ha disparado un arma en las últimas cuarenta y ocho horas.

—¿Ha dejado que le hicieran el test sin protestar?

—Exacto.

—¿Te ha dado alguna explicación al respecto?

—Ninguna, ya que no le he comentado el resultado del test. He regresado al laboratorio para terminarlo.

—¿Lapointe sigue con ella?

—Allí estaba cuando abandoné la calle Saint-Dominique.

—¿Estás seguro de lo que acabas de decirme?

—Seguro.

—Gracias.

Colgó con expresión grave, la frente fruncida. El juez de instrucción le dirigió una mirada interrogante.

—Me he equivocado —murmuró Maigret a disgusto.

—¿Qué quiere usted decir?

—Por pura rutina, sin creer en ello, lo confieso, le pedí al laboratorio que hiciese el test de la parafina de la mano derecha de Jaquette.

—¿Y es positiva? Es lo que me ha parecido oír, pero apenas puedo creerlo.

—Yo tampoco.

Tendría que haberse sentido liberado de un gran peso. Así pues, tras apenas veinticuatro horas de investigación, aquel asunto que le resultaba irresoluble unos instantes antes se había resuelto.

Pero Maigret no experimentaba satisfacción alguna.

—Puesto que ya estoy aquí, fírmeme una orden de arresto —dijo, suspirando.

—¿Enviará a sus hombres a detenerla?

—Iré yo mismo.

Y, medio encorvado, Maigret volvió a encender su pipa, que se había apagado, mientras el magistrado rellenaba en silencio las partes que estaban en blanco de un documento ya impreso.

7

Maigret pasó por su despacho para coger el sombrero. En el momento en que salía, de pronto se sintió inquieto y, reprochándose por no haber pensado antes en ello, se precipitó hacia el teléfono.

Para ganar tiempo, marcó directamente el número de la calle Saint-Dominique, sin pasar por la centralita. Estaba ansioso por oír la voz de Lapointe, por asegurarse de que no había ocurrido nada nuevo allí. En lugar del timbre, oyó la señal que indicaba que la línea estaba ocupada.

No puedo pensar, y, durante algunos segundos, perdió su sangre fría.

¿A quién estaba llamando Lapointe? Moers se había ido poco tiempo antes de la casa. Lapointe sabía que este se pondría inmediatamente en contacto con el comisario para darle su informe.

Si el inspector que había dejado de guardia en el piso de Saint-Hilaire estaba llamando por teléfono, aquello significaba que se había producido un hecho inesperado y que estaba llamando a la policía judicial o a un médico.

Maigret probó otra vez, abrió la puerta del despacho de al lado y vio a Janvier, que encendía un cigarrillo.

—Baja al patio y espérame al volante de un coche.

Hizo un último intento, pero oyó de nuevo la señal de línea ocupada.

Lo vieron un poco después bajar corriendo la escalera y meterse a toda prisa en el pequeño coche negro, cuya portezuela cerró de golpe.

—Calle Saint-Dominique. A toda velocidad. Pon la sirena.

Janvier, que no estaba al corriente de los últimos acontecimientos del caso, lo miró sorprendido, porque el comisario utilizaba pocas veces la sirena, pues la detestaba.

El coche se dirigía a gran velocidad hacia el puente Saint-Michel y giró a la derecha, mientras los coches se apartaban y los peatones se paraban para seguirlo con la mirada.

Tal vez la reacción de Maigret fuese excesiva, pero no podía apartar de sí la imagen de una Jaquette muerta; de Lapointe, junto a ella, colgado del teléfono. Resultaba tan real en su mente que intentaba imaginarse cómo se había suicidado la sirvienta. No podía haberse tirado por la ventana, porque era una planta baja; no poseía ningún arma, salvo los cuchillos de la cocina…

El coche se paró. El agente, en su puesto junto a la puerta cochera, a pleno sol, se sorprendió al oír la sirena. La ventana del dormitorio estaba entreabierta.

Maigret corrió hacia el arco de entrada, subió la escalinata, apretó el timbre eléctrico y se encontró de pronto frente a Lapointe, tranquilo y pasmado a la vez.

—¿Qué sucede, jefe?

—¿Dónde está?

—En su habitación.

—¿Hace mucho que no la oyes caminar?

—Hace apenas un segundo.

—¿A quién estabas llamando por teléfono?

—Intentaba contactar con usted.

—¿Por qué?

—Jaquette estaba vistiéndose como si quisiera salir y quería pedirle instrucciones.

Maigret se sintió ridículo delante de Lapointe y de Janvier, que se había unido a ellos. A diferencia de la inquietud que había experimentado en los últimos minutos, en la casa reinaba la tranquilidad, más tranquilidad que nunca; vio de nuevo el despacho repleto de luz, la puerta que daba al jardín abierta y el tilo lleno del gorjeo de los pájaros.

Entró en la cocina, donde todo estaba en orden, y oyó ligeros ruidos en la habitación de la vieja criada.

—¿Puedo verla, señorita Larrieu?

En una ocasión, la había llamado «señora» y ella había protestado, diciendo: «*Señorita,* si no le importa».

—¿Quién es?

—El comisario Maigret.

—Voy enseguida.

Lapointe prosiguió en voz baja:

—Se ha bañado en el cuarto de baño de su señor.

Pocas veces Maigret se había sentido tan descontento de sí mismo y recordaba ahora su sueño: los ancianos, que lo miraban condescendientes, negando con la cabeza, porque iba en pantalones cortos y a sus ojos no era más que un muchacho.

La puerta de la pequeña habitación se abrió y una bocanada de perfume llegó hasta él, un perfume pasado de moda hacía mucho tiempo y que él conocía porque era el que usaba su madre los domingos cuando esta se iba a la misa mayor.

Jaquette se había vestido como para asistir a la misa mayor. Llevaba un vestido de seda negro, una toca negra cerrada al cuello, un sombrero también negro adornado con paja blanca y unos guantes inmaculados. Solo le faltaba el misal en la mano.

—Me veo obligado a llevarla al Quai des Orfèvres —murmuró Maigret.

Estaba dispuesto a exhibir la orden de detención firmada por el juez; pero, en contra de lo que esperaba, ella no mostró sorpresa ni indignación. Sin decir palabra, atravesó la cocina, asegurándose antes de que el gas estaba apagado, y entró en el despacho para cerrar la puerta del ventanal y correr las cortinas.

Solo hizo una pregunta:

—¿Va a quedarse alguien aquí? —Y, como no le respondieron enseguida, añadió—: Si no es así, habría que cerrar la ventana de la habitación.

Sabiéndose descubierta, no había intentado siquiera suicidarse, sino que se mostraba más digna, más dueña de sí que nunca. Fue ella quien salió la primera. Maigret le dijo a Lapointe:

—Es mejor que te quedes.

Jaquette caminaba delante y dirigió un leve saludo con

la cabeza al portero, quien la miraba a través de la puerta acristalada.

¿Acaso no habría sido ridículo, incluso odioso, poner las esposas a esa mujer de casi setenta y cinco años? Maigret la invitó a subir al coche y se sentó a su lado.

—Ya no es necesario poner la sirena —le dijo a Janvier.

Seguía haciendo un tiempo radiante; adelantaron a un autocar rojo y blanco lleno de turistas. A Maigret no se le ocurría nada que decir, ninguna pregunta que hacer.

Centenares de veces había entrado de la misma forma en el Quai des Orfèvres junto con un sospechoso, al que tendría que arrinconar contra las cuerdas. Su tarea era más o menos difícil, más o menos penosa, según los casos. Podía durar horas y, algunas veces, el interrogatorio no finalizaba hasta bien entrada el alba, cuando el pueblo de París empezaba a dirigirse al trabajo.

Para Maigret, esa fase de una investigación era siempre desagradable.

Y, por primera vez, iba a llevarla a cabo con una anciana.

En el patio de la policía judicial, intentó ayudarla a bajarse del coche pero ella le rechazó la mano, mientras avanzaba con dignidad hacia la escalera, como por el atrio de una iglesia. Maigret hizo una seña a Janvier para que la siguiera de cerca. Subieron los tres la escalera principal hasta llegar al despacho del comisario, donde la brisa hinchaba las cortinas.

—Siéntese, por favor.

Aunque Maigret le señaló un sillón, Jaquette eligió una silla, mientras Janvier, que conocía la rutina, se acomodaba al extremo de la mesa de despacho, cogía un cuaderno y un lápiz…

Maigret tosió, llenó la pipa, se dirigió hasta la ventana y regresó, parándose ante la anciana, quien lo miraba con sus ojillos inmóviles y vivos.

—Debo anunciarle, ante todo, que el juez de instrucción acaba de firmar una orden de detención contra usted.

Se la enseñó. Ella se limitó a dirigirle una mirada de cortesía.

—La acusan de haber dado muerte voluntariamente a su señor, el conde de Saint-Hilaire, durante la noche del martes al miércoles. Un técnico de la policía científica le ha hecho, hace un momento, el test de la parafina en su mano derecha. Esta prueba consiste en recoger las partículas de pólvora y de materias químicas que se incrustan en la piel de una persona cuando esta ha disparado un arma de fuego, especialmente una pistola semiautomática.

Observaba, esperando una reacción, pero era Jaquette quien tenía aspecto de estudiarle; era ella la más tranquila, la más dueña de sí.

—¿No dice usted nada?

—No tengo nada que decir.

—La prueba ha resultado positiva, lo que establece, sin error posible, que usted disparó recientemente una pistola.

La anciana seguía mostrándose impasible, con la misma expresión que habría mostrado en la iglesia, escuchando un sermón.

—¿Qué hizo usted del arma? Supongo que, el miércoles por la mañana, cuando se dirigía al Quai d'Orsay, la tiró al Sena con los cartuchos. Le aviso que haremos todo lo necesario para recuperar la pistola; los buzos bajarán hasta el fondo del río.

Jaquette había decidido callarse y seguía callada. En cuanto a su mirada, se veía tan serena que uno habría creído que el asunto no iba con ella, que estaba allí por casualidad, asistiendo a una conversación que no la concernía.

—Ignoro qué móvil la movió a hacerlo, aunque me lo imagino. Usted ha vivido unos cincuenta años asistiendo al conde Saint-Hilaire. Usted tenía tanta intimidad con él como dos seres pueden tener.

Una ligerísima sonrisa afloró en los labios de Jaquette, una sonrisa que traslucía a la vez coquetería y una satisfacción íntima.

—Usted sabía que, después de la muerte del príncipe, su señor haría realidad su sueño de juventud.

Era irritante hablar al vacío y, por momentos, Maigret se contenía para no sacudir por los hombros a la anciana.

—Según usted, si no hubiera muerto, él se habría casado. Entonces ¿habría conservado usted su puesto en la casa? Y, de haberlo conservado, ¿ese puesto seguiría siendo el mismo?

Con el lápiz en el aire, Janvier continuaba esperando poder anotar alguna respuesta.

—El martes por la noche entró usted en el despacho de su señor. Él estaba corrigiendo las pruebas de su libro. ¿Discutió con él?

Diez minutos más de preguntas sin respuestas, y Maigret, exasperado, sintió el deseo de ir al despacho de los inspectores para tranquilizarse. Eso le recordó que Lapointe se hallaba en la calle de Saint-Dominique desde el día anterior por la tarde.

—¿Estás ocupado, Lucas?

—Sí, pero no es nada urgente.

—Vete entonces a relevar a Lapointe. —Luego, como ya eran más de las doce del mediodía, añadió—: Pásate por la cervecería Dauphine. Que nos suban una bandeja de bocadillos, cerveza y café. —Y, pensando en la anciana, agregó—: Y una botella de agua mineral.

En su despacho volvió a encontrarse con Jaquette y Janvier, inmóviles en sus respectivos sitios, como si estuvieran en un cuadro.

Durante media hora, Maigret paseó por la habitación, fumando, parándose delante de la ventana, plantándose a dos pasos de la criada para mirarla de frente.

Aquello no era un interrogatorio, porque ella continuaba obstinadamente muda, sino un largo monólogo más o menos deshilvanado.

—Debe saber también que es posible que los expertos le reconozcan una responsabilidad atenuada. Sus abogados alegarán en favor de usted el crimen pasional…

Aquello parecía ridículo, pero era verdad.

—Callarse no la beneficia en nada, mientras que, si se confiesa culpable, tiene grandes posibilidades de conmover al jurado. ¿Por qué no empezar ahora?

Los niños juegan un juego de esa clase: se trata de no abrir la boca diga lo que diga y haga lo que haga su pareja de juego, y, sobre todo, no reírse.

Jaquette no hablaba ni reía. Seguía a Maigret con la mirada en sus idas y venidas, como si aquello no fuese con ella, sin un estremecimiento, sin un atisbo de rebelión.

—El conde fue el único hombre de su vida.

¿Por qué seguir? En vano buscaba el punto sensible. Lla-

maron a la puerta. Era el camarero de la cervecería Dauphine, que puso la bandeja sobre la mesa del comisario.

—Haría usted bien en comer un poco. Al paso que vamos, tenemos aún para mucho tiempo.

Le tendió un bocadillo de jamón. El camarero se había
marchado. La anciana levantó una esquina del pan y, ¡mila-
gro!, por fin abrió la boca.

—Hace más de quince años que no como carne. Los
viejos no la necesitan.

—¿Prefiere queso?

—De todas formas, no tengo apetito.

Maigret pasó una vez más al despacho de los inspectores.

—Que alguien llame a la cervecería para que traigan bocadillos de queso.

El comisario comía sin dejar de andar, como si quisiera
vengarse, con la pipa en una mano, el bocadillo en la otra,
y, de vez en cuando, se paraba para beber un trago de cerveza. Janvier había abandonado su inútil lápiz para comer
también.

—¿Prefiere usted hablarme a solas?

No obtuvo más que un encogimiento de hombros.

—Tiene usted derecho a ser asistida, desde este momento, por un abogado de su elección. Estoy dispuesto a llamar
inmediatamente al que usted me designe. ¿Conoce usted a
algún abogado?

—No.

—¿Quiere usted que le dé una lista de posibles abogados?

—Es inútil.

—¿Prefiere que le designen a uno de oficio?

—No servirá de nada.

Maigret iba haciendo progresos, puesto que ella aflojaba los dientes.

—¿Confiesa usted que disparó contra su señor?

—Yo no he dicho nada, no tengo nada que decir.

—Dicho de otra manera, ¿juró usted callarse, pasara lo que pasase?

De nuevo aquel silencio desesperante. El humo de la pipa flotaba en el despacho, donde el sol penetraba de forma oblicua. El ambiente empezaba a oler a jamón, a cerveza, a café…

—¿Desea usted una taza de café?

—Solo bebo café por la mañana, y con mucha leche.

—¿Qué desea usted beber?

—Nada.

—¿Pretende hacer una huelga de hambre?

Enseguida lamentó sus palabras, porque ella sonrió ante esa idea que, tal vez, podría gustarle.

Maigret había visto a sospechosos de todas clases en aquella sala, en circunstancias similares, duros y blandos, algunos que lloraban o que palidecían cada vez más; otros que lo desafiaban o que se burlaban de él…

Era la primera vez que alguien, en aquella silla, mostraba tanta indiferencia y una obstinación tan serena.

—¿Sigue sin querer hablar?

—Ahora no.

—¿Cuándo piensa usted hacerlo?

—No lo sé.

—¿Espera usted que suceda algo?

Silencio.

—¿Quiere usted que llame a la princesa de V.?

Negó con la cabeza.

—¿Hay alguien a quien quiera que avisemos o alguien a quien desee ver?

Trajeron los bocadillos de queso, que ella miró indiferente. Negó con la cabeza y repitió:

—Ahora no.

—Está, por tanto, decidida a no hablar, a no beber, a no comer...

La silla que ocupaba la anciana era incómoda, y casi todos aquellos que se habían sentado allí no tardaban en sentirse a disgusto. Tras una hora, ella continuaba erguida, sin mover los pies ni las manos, sin haber cambiado de posición.

—Escuche, Jaquette...

La anciana frunció el entrecejo, molesta por tal familiaridad, y el comisario se sintió incómodo.

—Le advierto que permaneceremos en este despacho tanto tiempo como haga falta. Disponemos de una prueba material de que usted efectuó uno o varios disparos. Le pido simplemente que me diga por qué y en qué circunstancias. Por su estúpido silencio... —Se le había escapado esa palabra, pero consiguió controlarse—. Por su silencio, se arriesga usted a confundir a la policía y hacer recaer algunas sospechas sobre otras personas. Si dentro de media hora no ha respondido usted a mis preguntas, pediré a la princesa que venga para que la vea a usted. También citaré a su hijo, a Alain Mazeron, a su esposa, y veremos a ver si esta confrontación general... —Gritó, enfadado—: ¿Qué pasa?

Habían llamado a la puerta. El viejo Joseph le hizo una seña para que saliera al pasillo y le cuchicheó, con la cabeza inclinada:

—Hay un joven que insiste…

—¿Qué joven?

Joseph le tendió una tarjeta de visita con el nombre de Julien de V., el nieto de Isabelle.

—¿Dónde está?

—En la sala de espera. Dice que lleva prisa porque tiene una clase importante, a la que no puede faltar.

—Que espere un momento.

Entró en el despacho.

—El nieto de Isabelle, Julien, quiere verme. Tiene algo que decirme. ¿Insiste en seguir callada?

Sin duda era desesperante, pero no por eso menos patético. Maigret creyó notar que, ahora, en el interior de la anciana, se estaba librando una batalla, una anciana con la que se negaba a mostrarse brusco. El propio Janvier, que era tan solo un espectador, tampoco tenía la conciencia demasiado tranquila.

—En algún momento, deberá usted hablar. Por qué, en ese caso…

—¿Tengo derecho a ver a un sacerdote?

—¿Desea usted confesarse?

—Le pido permiso solo para entrevistarme con un sacerdote durante unos minutos: el abate Barraud.

—¿Dónde puedo encontrar al abate Barraud?

—En el presbiterio de Sainte-Clotilde.

—¿Es su director espiritual?

No había que desaprovechar la menor oportunidad y descolgó el teléfono.

—Póngame con el presbiterio de la parroquia de Sainte-Clotilde… Sí… Espero al aparato… El abate Barraud, sí…

Da igual cómo se escribe… —Maigret se puso a desplazar las pipas de su mesa y las colocaba en fila india como soldados de plomo—. ¿Hola? ¿El abate Barraud…? Aquí, la policía judicial… Soy Maigret, comisario de división… Tengo en mi despacho a una de sus feligresas, que desea verlo… Sí… Se trata de la señorita Larrieu… ¿Puede usted coger un taxi hasta el Quai des Orfèvres?… Muchas gracias… Sí… Ella le está esperando…

Y a Janvier:

—Cuando llegue el sacerdote, hazle pasar aquí y déjalos solos… Mientras tanto, debo ver a alguien…

Se dirigió a la sala de espera acristalada, donde solo había un muchacho vestido de luto, que ya había visto el día anterior en la calle de Varenne en compañía de sus padres y de sus hermanos. Al ver a Maigret, se puso en pie y lo siguió a un pequeño despacho que estaba vacío.

—Siéntese.

—No dispongo de mucho tiempo. Debo volver a la calle de Ulm, donde tengo una clase dentro de media hora.

En el exiguo despacho el muchacho parecía más alto y de complexión más fuerte. La expresión de su cara era seria, un poco triste.

—Ayer, cuando vino usted a casa de mi abuela, estuve a punto de hablarle.

¿Por qué pensó Maigret que le habría gustado tener un hijo como aquel muchacho? Había en él una soltura natural, a la vez que una especie de modestia innata; y, si se mantenía un poco reservado, se adivinaba que era por delicadeza.

—No sé si le servirá lo que voy a contarle. Anoche reflexioné mucho sobre ello. El martes por la tarde fui a ver a mi tío.

—¿A su tío?

El muchacho se ruborizó, un ligero rubor que desapareció enseguida y que sustituyó por una tímida sonrisa.

—Era así como llamaba al conde de Saint-Hilaire.

—¿Se relacionaba con él?

—Sí. Hablé de ello a mis padres. No me escondía. Desde muy pequeño había oído hablar de él.

—¿A quién?

—A mis institutrices; luego, a mis compañeros de estudios. La historia de amor de mi abuela es casi legendaria.

—Lo sé.

—Cuando tenía diez u once años, le pregunté por él a mi abuela, y, a partir de ese momento, solíamos hablar los dos del conde de Saint-Hilaire. Ella me leía algunas cartas; por ejemplo, aquellas en las que él le relataba recepciones diplomáticas o conversaciones con jefes de Estado. ¿Ha leído usted sus cartas?

—No.

—Escribía muy bien, con viveza y dinamismo, un poco como el cardenal de Retz. Tal vez, debido al conde y a sus relatos, elegí la carrera diplomática.

—¿En qué época lo conoció usted personalmente?

—Hace un par de años. Yo tenía un compañero, en el Stanislas, cuyo abuelo también había sido diplomático. Un día, en su casa, me encontré con el conde de Saint-Hilaire y pedí que me lo presentaran. Creí notar su emoción mientras me examinaba de pies a cabeza, y yo también estaba muy emocionado. Me hizo muchas preguntas sobre mis estudios, sobre mis proyectos…

—¿Fue usted a verle a la calle Saint-Dominique?

—Me invitó, añadiendo: «Siempre que tus padres no vean inconveniente en ello».

—¿Eran frecuentes esos encuentros?

—No. Una vez al mes aproximadamente. Dependía. Por ejemplo, yo le pedí consejo sobre mi bachillerato y me animó en mi intención de pasar por la École Normale. El también opinaba que, si eso no me ayudaba en mi carrera, sí me proporcionaría una base sólida.

»Un día, sin pensarlo, le dije: "Tengo la sensación de estar confiándome a un tío". "Y yo a un sobrino," me respondió, riendo. "¿Por qué no me llamas tío?".

»Entenderá ahora por qué hace un momento lo he llamado "tío".

—¿No quería usted a su abuelo?

—Lo conocía poco. A pesar de pertenecer a la misma generación, el conde de Saint-Hilaire y él eran muy diferentes. Para mí, mi abuelo era un hombre impresionante, inaccesible…

—¿Y su abuela?

—Éramos grandes amigos, y seguimos siéndolo.

—¿Estaba al corriente de sus visitas a la calle Saint-Dominique?

—Sí. Le contaba nuestras conversaciones. Me pedía detalles y, a veces, era ella la que me recordaba que hacía mucho tiempo no había visitado al conde.

A pesar de la excelente impresión que le había causado el joven, Maigret no dejaba de examinarlo con estupor, casi con desconfianza. No era habitual, en el Quai des Orfèvres, encontrar a jóvenes de esa clase, y experimentaba de nuevo la sensación de un mundo irreal, de gente que salía, no de la vida, sino de un libro edificante.

—Así pues, el martes por la tarde estuvo usted en la calle Saint-Dominique.

—Sí.

—¿Tenía usted razones especiales para hacer esa visita?

—Podría decirse que sí. Mi abuelo había fallecido hacía un par de días. Pensé que a mi abuela le gustaría saber cómo lo había vivido su amigo.

—¿Sentía usted la misma curiosidad?

—Tal vez sí. Yo sabía que ambos habían jurado casarse si tenían un día posibilidad de hacerlo.

—¿Le gustaba a usted esa perspectiva?

—Sí, bastante.

—¿Y a sus padres?

—Nunca hablé con mi padre de eso, pero estoy seguro de que no le desagradaba la idea. A mamá, quizás…

Como no acababa la frase, Maigret insistió:

—¿A su madre…?

—No es hablar mal de ella si le digo que le da más importancia a los títulos y a lo que estos suponen que el resto de la familia.

Sin duda porque ella no había nacido princesa, sino, simplemente, como Irène de Marchangy.

—¿Qué ocurrió durante esa visita en la calle Saint-Dominique?

—Nada que yo pueda explicar claramente. Sin embargo, creí que era mejor hablarle de ella. Desde el principio, el conde de Saint-Hilaire me pareció preocupado y, de pronto, me di cuenta de que era ya muy viejo. Antes, no aparentaba la edad que tenía. Se notaba que amaba la vida y que la disfrutaba, como buen conocedor, en todos sus aspectos y en todos los instantes. A mis ojos, era un personaje del siglo dieciocho trasplantado al nuestro. ¿Me comprende usted?

Maigret afirmó con la cabeza.

—No me esperaba encontrarlo tan afectado por la muerte de mi abuelo, que era dos años mayor que él; sobre todo, porque esa muerte había sido accidental, y, en definitiva, pocos dolorosa. Ahora bien, el martes por la tarde, Saint-Hilaire, sin intentar disimularlo, evitaba mi mirada, como si ocultara algo.

»Yo dije algo así como: "Dentro de un año se casará, por fin, con mi abuela". Volvió la cabeza, de modo que insistí: "¿Eso le causa una gran impresión?".

»Me gustaría repetir las palabras exactas. Es curioso que no las recuerde, cuando su sentido y lo que implicaban tanto me chocaron.

»En esencia, respondió algo así: "No me lo permitirán".

»Y, cuando miré su cara, creí ver en ella el terror.

»Como puede comprobar usted, todo ello es bastante vago. En ese momento, no le di demasiada importancia, creyendo que era una reacción natural de un anciano que se entera de pronto del fallecimiento de otro anciano y que se dice que no tardará mucho en llegarle su turno.

»Cuando supe que había sido asesinado, recordé esa escena.

—¿Habló de ella con alguien?

—No.

—¿Ni con su abuela?

—No quise perturbarla. Juraría que el conde se sentía amenazado. No era hombre que se forjara ideas gratuitas. A pesar de su edad, poseía una lucidez excepcional y su filosofía lo protegía de temores infundados.

—Si lo he entendido bien, usted cree que él presentía lo que iba a ocurrirle.

—Presentía una desgracia, sí. He preferido venir a contárselo, porque, desde ayer, eso me quita el sueño.

—¿Nunca le habló de sus amigos?

—De sus amigos muertos. Ya no tenía amigos vivos; pero eso no le afectaba en absoluto. «En todo caso», decía, «no es del todo desagradable haberse quedado el último».

»Y añadía con melancolía: "Eso hace que uno siempre tenga en el recuerdo a los muertos, que es una forma de que sigan vivos".

—¿No le habló de sus enemigos?

—Estoy convencido de que nunca los tuvo. Tal vez algunos celosos al comienzo de su carrera, que fue rápida y brillante. Esos también están en el cementerio.

—Muchas gracias. Ha hecho usted muy bien en venir.

—¿No se sabe nada todavía?

Maigret vaciló; estuvo a punto de hablarle de Jaquette, quien, en aquel mismo momento, debía de estar encerrada en su despacho con el abate Barraud.

A veces, en el Quai des Orfèvres, se llamaba al despacho del comisario «el confesonario»; sin embargo, esta era la primera vez que ejercía realmente esa función.

—Nada concreto, no.

—Tengo que regresar a la calle de Ulm.

Maigret lo acompañó hasta lo alto de la escalera.

—Gracias de nuevo.

El comisario recorrió varias veces el largo pasillo, con las manos a la espalda; encendió la pipa y entró en el despacho de los inspectores. Janvier estaba allí, esperando.

—¿Sigue con el abate?

—Desde hace un buen rato.

—¿Cómo es?

Y Janvier respondió con una ironía un tanto amarga:

—¡El más anciano de todos!

8

—Llama a Lucas.

—¿A la calle Saint-Dominique?

—Sí. Lo he enviado allí para que relevase a Lapointe.

Empezaba a impacientarse. La entrevista seguía en voz baja en el despacho contiguo, y, cuando se acercaba a la puerta, se oía como un cuchicheo, al igual que cerca de un verdadero confesonario.

—¿Lucas…? ¿Todo sigue en calma por allí…? ¿Solo llamadas telefónicas de los periodistas…? Sigue diciéndoles que no hay nada nuevo… ¿Cómo…? ¡No! No ha hablado… Está en mi despacho, sí; pero no conmigo, ni con ningún otro inspector… Con un sacerdote…

Un instante después era el juez de instrucción quien lo llamaba al teléfono y Maigret repetía casi las mismas frases.

—No la estoy acorralando, no. Esté tranquilo; todo lo contrario…

No recordaba haberse mostrado tan comedido, tan paciente en toda su vida. El artículo inglés, que Pardon le había leído, volvía una vez más a su memoria y le arrancaba una sonrisa irónica.

El colaborador del *Lancet* se había equivocado. No era un maestro, ni un novelista, y tampoco un policía quien resolvería el problema de Jaquette, sino un abate octogenario.

—¿Cuánto tiempo hace que están ahí dentro?

—Veinticinco minutos.

Ni siquiera tenía el consuelo de tomarse una cerveza, porque la bandeja se había quedado dentro de su despacho. Además, ya estaría caliente… ¡Claro que lo estaría! Estuvo tentado de bajar a la cervecería Dauphine; pero dudaba en alejarse de allí en ese momento.

Notaba próxima la solución, trataba de adivinarla, menos como comisario de la policía judicial encargado de descubrir a un criminal y detenerlo que como hombre.

Porque era en su condición de hombre como había llevado aquella investigación, como un asunto personal, tan cierto como que había mezclado en ella, a su pesar, recuerdos de su infancia.

¿No se hallaba un poco en entredicho? Si Saint-Hilaire había sido embajador durante muchísimos años, si ese amor platónico entre Isabelle y él databa de hacía casi cinco décadas, él era, él, Maigret, un hombre que llevaba veinticinco años en la policía judicial y, todavía el día anterior, estaba convencido de que había visto desfilar todas las categorías posibles de individuos. No se consideraba un superhombre, no se creía infalible. Por el contrario, siempre empezaba con cierta humildad sus investigaciones, incluso las más sencillas.

Desconfiaba de las pruebas, de los juicios prematuros. Pacientemente, se esforzaba por comprender, sabiendo que los móviles más evidentes no son siempre los más auténticos.

Aunque no tenía una idea elevada de los hombres y de sus posibilidades, seguía creyendo en el ser humano.

Buscaba los puntos débiles de la gente. Y cuando, por fin, ponía el dedo en la llaga, no gritaba victoria, sino, al contrario, experimentaba cierto abatimiento.

Desde el día anterior había perdido pie, porque se había encontrado, sin preparación previa, frente a personas cuya existencia desconocía. Todas sus actitudes, sus propósitos, sus reacciones le eran extraños, y se esforzaba en vano en clasificarlos en una categoría.

Deseaba apreciarlos, incluso a la tal Jaquette, que lo sacaba de quicio.

Descubría, en la vida de esas personas, una gracia, una armonía, cierto candor también, que le atraían.

Pero, de repente se decía fríamente:

—Aunque eso nada tiene que ver con que Saint-Hilaire haya sido asesinado.

Porque lo más probable era que uno de ellos lo hubiese hecho. Tal vez Jaquette, si las pruebas científicas tenían aún un sentido.

Durante algunos instantes sentía cierta aversión por todos ellos, incluido el muerto, incluido aquel muchacho, ante el cual acababa de experimentar más fuerte que nunca la nostalgia de la paternidad. ¿Por qué esa gente no era como los demás? ¿Por qué no tenían los mismos intereses sórdidos y las mismas pasiones?

Esa historia de amor demasiado inocente lo exasperó de pronto. Dejó de creer en ella: buscó otra cosa, una explicación diferente, más conforme con su experiencia.

Dos mujeres que aman al mismo hombre desde hace muchísimos años, ¿no llegan forzosamente a odiarse?

¿Una familia, ligada con la mayoría de las casas reinantes europeas, no reacciona ante la amenaza de un matrimonio tan ridículo como la unión proyectada por los dos ancianos?

Ninguno de ellos se acusaba entre sí; ninguno tenía enemigos. Todos vivían en una aparente armonía, excepto Alain Mazeron y su mujer, que al final se habían separado.

Irritado por aquel interminable cuchicheo, Maigret estuvo a punto de abrir bruscamente la puerta, pero lo que lo detuvo fue, tal vez, la mirada de reproche que le lanzó Janvier.

—Espero que hayas puesto a alguien para que vigile el pasillo.

¡También él había acabado engatusado por todos ellos!

Maigret llegaba al punto de plantearse la posibilidad de que el anciano sacerdote desapareciera con su penitente.

Sin embargo, notaba que ya se acercaba a esa verdad que se le escapaba. Sabía que se trataría de algo muy simple. Las tragedias humanas siempre resultan simples cuando se las reconsidera después.

Desde el día anterior, sobre todo desde esa misma mañana, era incapaz de precisar en qué momento exacto había estado varias veces a punto de comprender todo.

Se sobresaltó al oír unos golpecitos dados en la puerta que comunicaba con la sala contigua.

—¿Le acompaño? —le preguntó Janvier.

—Será mejor.

El abate Barraud estaba de pie. En efecto, era muy anciano, esquelético, con el cabello alborotado, muy largo, en forma de aureola alrededor del cráneo. Su sotana brillaba por el excesivo uso, con remiendos mal hechos.

Jaquette parecía no haberse movido de su silla, donde seguía manteniéndose erguida. Ya no se la veía tensa, ya no luchaba. Ya no expresaba desafío ni la voluntad feroz de callarse.

Aunque no sonreía, su expresión era serena.

—Le pido que me perdone, señor comisario, por haberle hecho esperar tanto tiempo. Oiga, la pregunta que me ha formulado la señorita Larrieu era bastante delicada y he tenido que estudiarla con detenimiento, seriamente, antes de darle una respuesta. Confieso que he estado a punto de decirle a usted que me dejase llamar a monseñor para pedirle consejo.

Janvier, sentado en una esquina de la mesa, tomaba notas taquigráficas de lo que allí se decía. Maigret, como si necesitara mantener la compostura, había ocupado su puesto tras la mesa de despacho.

—Siéntese, señor abate.

—¿Permite entonces que me quede?

—Supongo que su penitente necesitará aún de sus buenos oficios.

El sacerdote se sentó en una silla, sacó de su sotana una cajita de boj y aspiró una brizna de tabaco. Aquel gesto, y los granos de tabaco sobre la sotana grisácea, trajeron viejos recuerdos a Maigret.

—Como usted sabe, la señorita Larrieu es muy piadosa, y es su devoción quien le ha dictado una actitud que he creído mi deber hacer que abandone. Su preocupación era que el conde de Saint-Hilaire no recibiese sepultura cristiana y, por ese motivo, esperaba a que se celebrasen las exequias para hablar.

Aquello fue para Maigret como para un niño un globo que estalla repentinamente en el aire, y enrojeció por haber estado tan cerca de la verdad sin llegar a descubrirla.

—¿El conde de Saint-Hilaire se suicidó?

—Desgraciadamente, así fue. Como le he dicho a la señorita Larrieu, nada nos prueba, sin embargo, que el conde no se arrepintiera de su acción en el último momento. A los ojos de la Iglesia, ninguna muerte es instantánea. Lo infinito existe en el tiempo como en el espacio, y un lapso de tiempo, infinitamente pequeño, que escapa a la medida de los médicos, es suficiente a la contrición…

»No creo que la Iglesia niegue al conde su postrera bendición.

Por primera vez, los ojos de Jaquette se llenaron de lágrimas y sacó un pañuelo de su bolso para enjugárselos, mientras que una mueca de ingenuidad se dibujaba en sus labios.

—Hable, Jaquette —le animó el sacerdote—. Repita lo que me ha dicho…

Jaquette tragó saliva.

—Estaba acostada. Dormía. Oí una detonación y corrí al despacho.

—Y encontró a su señor tendido en la alfombra, con la mitad de la cara destrozada.

—Sí.

—¿Dónde se hallaba la pistola?

—Encima de la mesa.

—¿Qué hizo usted?

—Corrí a mi habitación en busca de un espejo, para asegurarme de que ya no respiraba.

—Entonces supo con certeza que estaba muerto. ¿Después?

—Mi primer pensamiento fue telefonear a la princesa.

—¿Por qué no lo hizo?

—Primero porque era cerca de medianoche.

—¿No temió que ella desaprobara su plan?

—No pensé en ello enseguida. Me dije que vendría la policía, y de pronto me imaginé que, debido al suicidio, no enterrarían al conde en suelo sagrado.

—¿Cuánto tiempo transcurrió desde que supo que su señor estaba muerto hasta que usted decidió dispararle?

—No lo sé. ¿Tal vez diez minutos? Me arrodillé a su lado y recé. Inmediatamente me puse en pie, cogí la pistola y disparé, sin mirar, pidiendo perdón al difunto y al Cielo.

—¿Disparó tres tiros?

—No lo sé. Apreté el gatillo hasta que dejó de disparar. Entonces vi unos puntos brillantes sobre la alfombra. Aunque no los conozco, comprendí que eran casquillos y los recogí. No dormí en toda la noche. Por la mañana, muy temprano, fui a tirar el arma y los casquillos al Sena, por el puente de la Concorde. Tuve que esperar algún tiempo, porque había un agente de guardia delante de la Cámara de los Diputados y parecía observarme.

—¿Sabe usted por qué se mató su amo?

Jaquette miró al sacerdote, que le hizo un gesto, dándole ánimos.

—Hacía algún tiempo que estaba preocupado, desanimado…

—¿Por qué razón?

—Hace algunos meses, el médico le aconsejó que no bebiera vino ni licores. Era muy aficionado al vino. Se privó de él unos días; luego volvió a beber. Eso le producía dolores de estómago, y se veía obligado a levantarse por las noches para tomar bicarbonato. Al final, yo le compraba un paquete todas las semanas.

—¿Cómo se llama su médico?

—Doctor Ourgaud.

Maigret descolgó el auricular del teléfono.

—Póngame con el doctor Ourgaud, por favor. —Y a Jaquette—: ¿Hacía mucho tiempo que era su médico?

—De casi toda la vida.

—¿Qué edad tiene el doctor Ourgaud?

—No lo sé con exactitud; mi edad aproximadamente.

—¿Y aún trabaja?

—Sigue asistiendo a sus antiguos pacientes. Su hijo vive en el mismo descansillo de su casa del bulevar Saint-Germain.

Hasta el final de aquella historia, esa gente no solamente seguía viviendo en el mismo barrio, sino entre personas que podrían haberse considerado de la misma especie.

—¿Hola? ¿El doctor Ourgaud? Soy el comisario Maigret.

Le pidieron que hablara un poco más alto, que se acercase más al auricular. El médico se excusó diciendo que era un poco sordo.

—Como se habrá imaginado usted, quiero hacerle algunas preguntas sobre uno de sus pacientes. Sí, se trata efectivamente de él. Jaquette Larrieu está en mi despacho y acaba de comunicarme que el conde de Saint-Hilaire se suicidó… ¿Cómo…? ¿Esperaba usted mi visita…?. ¿Pensó usted en ello…? ¿Hola? Hablo tan cerca del auricular como me es posible… La criada dice que, desde hace meses, el conde de Saint-Hilaire padecía del estómago… Le oigo perfectamente… El doctor Tudelle, quien le ha practicado la autopsia, dijo que le había sorprendido el buen estado de sus órganos tratándose de un anciano…

»¿Cómo…? ¿Que eso era lo que le repetía usted a su paciente…? ¿Y no se lo creía…?

»Sí… Sí… Comprendo… No consiguió usted convencerle… Y visitó a otros médicos…

»Muchas gracias, doctor… Seguramente, tendré que volver a molestarle para tomarle declaración… ¡Claro que no! Por el contrario, es muy importante…

Colgó, con la cara seria, y Janvier creyó leer en ella cierta emoción.

—Al conde de Saint-Hilaire se le había metido en la cabeza que estaba enfermo de cáncer —explicó Maigret con voz triste—. A pesar de que su médico le aseguró que no era el caso, visitó a otros especialistas, convencido cada vez más de que todos le ocultaban la verdad.

Jaquette murmuró:

—¡Estuvo siempre tan orgulloso de su salud! En otros tiempos, me repetía a menudo que no temía a la muerte, que estaba preparado para recibirla; pero que no soportaría sufrir una enfermedad. Por ejemplo, cuando tenía la gripe, se ocultaba como un animal enfermo y evitaba, en lo posible, que yo entrase en su habitación. Era por coquetería. Hace varios años, uno de sus amigos murió de cáncer, un cáncer que lo mantuvo en cama durante cerca de dos años. Recibía varios tratamientos complicados que lo hacían sufrir, y el conde decía con impaciencia: «¿Por qué no lo dejan morir de una vez? Si yo estuviera en su lugar, pediría que me ayudaran a partir lo antes posible».

El nieto de Isabelle, Julien, no recordaba las palabras exactas que Saint-Hilaire había pronunciado unas horas antes de morir. Creyendo que el anciano estaría feliz al ver su sueño a punto de realizarse, se había encontrado con un hombre preocupado, ansioso, que parecía temer algo.

Al menos así lo había creído el joven. Porque, para este, Saint-Hilaire aún no era un anciano. Jaquette sí lo comprendió enseguida. Y Maigret, que se encontraba a mitad de camino de la vida, más cerca de los viejos que de los alumnos de la calle de Ulm, también lo comprendía: Saint-Hilaire se veía, un día más o menos lejano, clavado en su cama.

Y todo eso cuando un amor que había perdurado en el tiempo, que ninguna contingencia había empañado durante cincuenta años, estaba a punto de formar parte de la vida real.

Isabelle, que solo lo veía de lejos y que tenía presente la imagen de su juventud, se convertiría en enfermera al mismo tiempo que en esposa, y ella solo conocería las miserias de un cuerpo gastado.

—¿Me permite? —dijo Maigret de pronto, dirigiéndose hacia la puerta.

Recorrió los pasillos del Palacio de Justicia, subió al tercer piso y permaneció una media hora encerrado con el juez de instrucción.

Cuando regresó a su despacho, los otros tres seguían en el mismo sitio, mientras Janvier mordisqueaba su lápiz.

—Es usted libre —le dijo Maigret a Jaquette—. La llevarán a su casa. O mejor, ordenaré que la acompañen a casa del notario Aubonnet, donde tiene usted una cita. En cuanto a usted, señor abate, lo dejarán en la rectoral. Dentro de algunos días tendrán que cumplir ciertas formalidades, firmar algunos documentos… —Y volviéndose hacia Janvier, le dijo a este—: ¿Puedes acompañarlos?

Maigret pasó una hora con el director de la policía judicial e inmediatamente después lo vieron en la cervecería Dauphine, donde se bebió dos cervezas en el mostrador.

La señora Maigret seguramente estaría esperando a que él la llamase para decirle que no iría a cenar, como ocurría con frecuencia durante el transcurso de una investigación.

Por lo que ella se sorprendió al oír, a las seis y media de la tarde, los pasos de su marido en la escalera. Abrió la puerta en el momento exacto en que él alcanzaba el descansillo.

Estaba más serio que de costumbre, con una seriedad serena; pero ella no se atrevió a preguntarle nada cuando, en vez de besarla como de costumbre, la abrazó largo rato sin decir palabra.

Ella no podía saber que él acababa de sumergirse en un pasado lejano, al tiempo que había visualizado un futuro no tan lejano.

—¿Qué hay para cenar? —le preguntó por fin él, como si resoplara.

« Certes, ils préfèrent que je ne voie pas certaines choses.
Mais ce qu'il ne faut surtout pas, c'est que je leur en raconte d'autres ».

« — Vous direz tout?
— Et vous?
— J'essaierai. Si je n'y parviens pas, je m'en voudrais toute ma vie ».

«Sin duda, prefieren que yo no vea ciertas cosas.
Pero lo que no debe ocurrir, sobre todo, es que les cuente otras».

«—¿Usted lo dirá todo?
—¿Y usted?
—Trataré. Si no lo consigo, me lo reprocharé toda la vida».

PEUPLES QUI ONT FAIM, 1934